ELLOS NOS CUIDAN

Omar Delgado

ELLOS NOS CUIDAN

México

Título original:
Ellos nos cuidan

Derechos reservados
© 2005, Omar Delgado
© 2005, Editorial Colibrí, s.a. de c.v.

Sabino 63-102
Colonia Santa María la Ribera
México, Distrito Federal, 06400

info@edicolibri.com
http://www.edicolibri.com

❩ 5547-1466 y 5547-9215 (teléfono y fax)

Socio fundador de la Alianza de Editoriales Mexicanas Independientes, AEMI

Miembro de la Cámara Nacional de la Industria Editorial Mexicana
Registro número 3072

© 2005, GOBIERNO DEL ESTADO DE PUEBLA

Licenciado Mario Marín Torres
Gobernador Constitucional del Estado

SECRETARÍA DE CULTURA
Pedro Ángel Palou García
Secretario de Cultura

Licenciado Roberto Martínez Garcilazo
Literatura y Bibliotecas

Juan Gerardo Sampedro
Ediciones

Diseño de la colección y de la portada: Rafael Hernández H.
isbn: 968-5062-81-1
Primera edición: mayo de 2005

Para Daniela

I

ESTELA YA NO SOPORTABA EL DOLOR DE ESPALDA. El asiento del autobús era estrecho y estaba roto, por lo que tenía que sentarse de lado. Sin embargo, lo peor era el camino: una brecha trazada en la sierra, llena de rocas y baches, que no hacía sino subir y subir en espiral, como si a pura fuerza de necedad, pudiera llegar al cielo.

Había salido de Chilpancingo hacía cinco horas y faltaban otras tres más hasta la cabecera municipal de San Isidro. De ahí serían dos horas en camioneta todo terreno —si tenía la suerte de encontrar alguna—, o cuatro horas a caballo hasta llegar a su destino: el poblado de Ixcuintla de Galeana.

De cuando en cuando, sólo por alejar el aburrimiento, Estela se levantaba del asiento. Hacía equilibrios en el pasillo del camión y buscaba en su maleta algún libro o papel de la escuela. Lo hacía sólo para darse cuenta de que el cansancio y el zangoloteo no le permitían leer. Miró a la ventanilla, como viendo el paisaje. Se encontró con su imagen desdibujada en el vidrio: los ojos grandes, los labios que parecían dátiles, el cabello negro y ondulado que le enmarcaba el rostro haciéndola parecer, a veces, la Sor Juana que se repetía en los libros de texto. Era bonita, lo sabía, aun con la cara sin maquillar. Sin embargo, esa belleza la sentía inútil, e incluso renegaba de tenerla. Abrió su bolsa. Encontró entre sus cosas una edición de *La divina comedia* que le trajo recuerdos dolorosos, pues era la que le había regalado Víctor. Pensó en abrir la ventana y arrojar el libro al acantilado, pero se arrepintió. Lo puso sobre sus piernas y se puso a ver distraídamente los grabados que la ilustraban. *Mejor no la tiro. La puedo necesitar para las clases*, pensó.

Víctor Mendoza le había regalado el libro tal vez en algún arrebato de ironía, pues él la había llevado como Virgilio llevó a Dante, sólo que al revés. Primero le enseñó el paraíso, y luego, después de año y medio, la dejó en lo más profundo del infierno. Él era comisionado sindical de zona en la primaria en donde ella era maestra, en la Ciudad de México. A Estela siempre le gustó cómo se veía Víctor con sus trajes cruzados, y se fascinaba con las manos de él, largas y finas, como de pianista, con las que la abrazó un día, después de una junta de profesores. Poco después, ella lo recibía en su departamento, en la colonia Doctores, esperando que algún día él pasara la noche entera entre sus sábanas. Eso nunca sucedió, y ella se enteró de por qué cuando lo vio llegar a la escuela con su esposa y sus dos hijos. Esa vez Estela lo quiso abandonar, pero Víctor le habló y la convenció con palabras que se le enredaron como víboras. Aceptó ser su amante, porque el hombre le prometió que no sería por mucho tiempo, que pronto se divorciaría. Así la mantuvo unos meses, hasta que ella, hastiada, le pidió que cumpliera su promesa. Estela ya se había cansado de ser la comidilla de la escuela, se había fastidiado de escuchar los murmullos y las risitas a su espalda, de ver la mirada de compasión de la directora. Víctor entonces cambió. Ya no hubo palabras tiernas ni tratos suaves. La primera vez que la golpeó fue en su departamento, después que la maestra se negara a calentarle algo de comida. Así, Estela comenzó a ocultar sus vergüenzas, primero con mangas largas, después con cuellos altos y lentes oscuros, y finalmente, con un silencio pesado, como de plomo. La profesora dejó de hablar con su familia, dejó de cruzar palabras con las demás profesoras, e incluso dejó de hablar consigo misma. Sólo de vez en vez, cuando caminaba por los pasillos de la escuela, escuchaba los comentarios de los demás: "Mira nada más a Estela. Antes tan alegadora y tan grilla, en lo que acabó", "¿Pues no que muy feminista? Ahora hasta se deja madrear", "Recuerdo que a Carmelita la prefecta, cuando se divorció, ella le llevó al licenciado y todo. Ándele, por andar de hocicona". Esas frases se le clavaban en el pecho como agujas.

Víctor se alejó por un tiempo de la escuela, y un día la directora mandó llamar a Estela. Cuando entró en la oficina, se cruzó con su amante, el cual iba saliendo. El hombre ni siquiera le dirigió la palabra.

—Siéntese, profesora Reyes —le dijo la directora desde su asiento de cuero—. Tenemos que hablar asuntos que le interesan.

—Dígame, Lolita —contestó Estela, casi murmurando.

—He estado al pendiente de su desempeño, profesora, y me preocupa sobremanera. De algunos meses para acá usted ha decaído mucho, y algunas madres de familia se han quejado de usted. Dicen que se ha vuelto hosca, que de cuando en cuando maltrata a los chiquillos, que se queda dormida en las clases. ¿A qué se debe?

Estela clavó la mirada en la alfombra mientras escuchaba la respiración de la directora, un resoplido gordo, como su dueña, que asemejaba un bufido.

—He estado enferma —contestó.

—¿Y por qué no se había reportado antes? Le hubiéramos promovido unos meses de vacaciones, incluso un año sabático. En algo le podría haber ayudado. Ahora las quejas llegaron hasta el sindicato y exigen que usted sea removida.

Estela sintió un golpe de furia en sus entrañas, como una explosión, pero que no fue suficiente para resquebrajar el hastío que la envolvía.

—¿Quién le dijo eso? ¿Víctor Mendoza?

—Él fue el que me lo mencionó, pero está tratando de apoyarla. Antes que usted llegara, yo hablé con él. Me dijo que se acaba de abrir una plaza de profesora rural en un pueblo de Guerrero. Él cree que usted podría tomarla. Así no perdería su trabajo, y nos ayudaría a nosotros.

—¡Así que me quiere mandar a San Juan de Quiensabedonde para que ya no le cause problemas!

La directora la miró en silencio, apretándose la nariz con los dos índices. Se quitó las gafas y se levantó de su silla. Fue hacia la puerta, se aseguró que estuviera bien cerrada, y regresó frente a Estela. Ya no se sentó.

—¿Puedo ser franca con usted, Estelita? —la maestra no contestó, lo que la directora tomó como un "sí"—. Desde hace tiempo sabemos que trae un enredo con Mendoza. Yo no me quise meter porque es muy su vida y la de él. Usted sabía que él era casado, pero nunca supo con quién. Su esposa es la hermana de la lideresa del sindicato, la senadora Zepeda —Estela levantó la mirada, y la cruzó con la de la directora—. Sí, Estelita. La senadora ya se enteró de los asuntos que tiene Mendoza con usted, y es ella la que quiere correrla. Mendoza, a pesar de todo, la quiere apoyar. Él cree que si usted se desaparece unos dos o tres años, va a poder regresar a su plaza sin ningún problema.

—¿Y por qué no viene él y me lo dice? ¿No tiene el valor? ¿Por qué anda usted de su corre-ve-y-dile?

—Oiga, oiga, Estelita. Estamos tratando de ayudarla. Yo nunca le dije que se revolcara con él —la directora buscó en su escritorio un fólder membretado y se lo entregó a la maestra—. Aquí están los papeles de su traslado. A fin de cuentas, usted tiene la última palabra; fírmelos si quiere, o hable con la senadora.

Tomó la pluma y, sin siquiera echar un vistazo al documento, firmó.

II

LA PROFESORA ESTELA HABÍA LLEGADO MUY TARDE a San Isidro, por lo que tendría que esperar al otro día para llegar a Ixcuintla. El profesor de la zona la recibió gustoso. Era un hombre moreno, en sus cuarentas, grueso, que siempre cargaba un pañuelo en donde recogía su copioso sudor. El hombre, llamado Osiel, la invitó a cenar a su casa, con su familia, lo cual ella aceptó. Él fue al mercado, dejando a Estela esperando junto al quiosco, y regresó a los pocos minutos con rostro de satisfacción.

—¿Qué cree, profesora? Me dijeron unos locatarios que en la madrugada, como a las dos, saldrán hacia Oaxaca y pasarán por Ixcuintla. Si así lo quiere, la pueden llevar y dejar de paso allá. Si no, quédese de todos modos con nosotros, y mañana se va.

—Gracias —suspiró Estela—. Pero prefiero llegar lo antes posible.

—Bueno —el hombre inclinó la cabeza, un poco desilusionado—, pero todavía me va a aceptar la invitación de cenar en casa, ¿verdad?

Ella se lo aseguró. En el trayecto, el hombre le contó la historia de Ixcuintla.

"Ay, profesora, ahora sí se va a meter en donde la gente es bien brava. En Ixcuintla ni a policía llegan, y el ejército está ahí y a cada rato les matan soldados. ¿Sabe la historia del pueblo? Pues resulta que está en una meseta que está entre las tres sierras del sur, y fíjese que es bien raro. Porque si usted va hacia el sur, se comienza a encontrar cocoteros y palmas, y plantas de costa. Si de Ixcuintla usted va hacia el norte, comienza a subir por la mixteca, y se comienza a encontrar mezquites y magueyes. Y si se va hacia el oriente, pues se comienza a encontrar bosques de pinos y oyameles. Es muy bonito: en Ixcuintla usted puede encontrar un pino creciendo junto a un mezquite, o abrazado a una palmera.

”Fíjese, maestra, que la gente del pueblo también es bien rara. Según el gobierno, es una comunidad nahua, gobernada por usos y costumbres, pero eso no es cierto del todo. Originariamente era un pueblo indígena, pero cuentan que en el siglo XVIII atracaron cinco barcos negreros en la costa, a 100 kilómetros de aquí. Y los esclavos que llevaban se amotinaron. Cuentan entonces que los negros en su huida llegaron a Ixcuintla, en donde se fundieron con las gentes de ahí. Además, en 1863, durante la intervención, hubo una batalla muy grande en donde los juaristas vencieron a tres batallones de Maximiliano. Los franceses huyeron a la sierra y también llegaron a Ixcuintla. Ahí se encontraron muchachas que tenían los ojos rasgados y los labios carnosos, y que eran recatadas como inditas, pero se movían en las danzas como negras. ¿Y qué cree? Pues que ahí se quedan los franchutes. En Ixcuintla no es raro encontrar niños y niñas con ojos grises o verdes, que bailan como negros y hablan náhuatl. Ande pues, que la gente de ahí es bien desconfiada, pero es buena gente.

"De quienes sí se tiene que cuidar allá es de los militares. En San Mateo Teotongo, que es un pueblo a 20 kilómetros de Ixcuintla, está un cuartel del ejército. Dicen que andan buscando guerrilla, que se da muy bien en la región, y cuentan que hay grupos paramilitares. También tenga mucho cuidado porque por ahí ronda mucho narco. Dicen que en el cerro de la Pelona, que está nomás saliendo de Ixcuintla, se da muy bien la *hierba mala*. Tenga cuidado cuando vea una troca toda bonita, con placas del gabacho, o algún tipo con botas de cocodrilo y esclavas de oro, porque seguro es traficante. Fíjese qué simpático: ningún maestro ha durado mucho en Ixcuintla, todos renuncian o se van. Qué bueno que la mandan a usted. Nomás aguante, que es gente buena, pero desconfiada".

La profesora merendó esa noche con la familia de Osiel. La esposa del hombre se llamaba Francisca. Y tenía ojos grises y los labios carnosos, engarzados en su rostro indígena. "Sí, es de Ixcuintla", le contestó el profesor antes de que Estela preguntara. Después de la cena, la maestra decidió caminar un rato por San Isidro. Era un pueblo pequeño, con una plaza principal que coronaba el quiosco hermosamente trabajado, y que estaba rodeado por framboyanes y mangos. Alrededor de la plaza, los muchachos rondaban en sus camionetas mientras echaban piropos a las chicas. A Estela la chulearon varias veces, pues a pesar de ya no ser ninguna jovencita, la profesora era esbelta, y los vestidos de algodón le marcaban la cadera. Estela siempre usaba el cabello al hombro, suelto, y cuando algún aire tropical lo revolvía, éste parecía una llama azabache en su cabeza. San Isidro era hermoso pero, como en cualquier pueblo, también se veían ancianos pobres, jovencitos mutilados, o niños mal nutridos corriendo en las calles. Estela pensó con amargura en Víctor, y en la mueca que éste hacía siempre que veía escenas similares. "Mira nomás, pura gente huevona. Debería ponerse a trabajar para salir adelante", acostumbraba decir el hombre. Y ella acostumbraba apretar los labios y asentir con la cabeza. Pero Víctor ya no estaba. Y ella, al otro día, iría a un pueblo enterrado en la sierra de Oaxaca, al cual tendría que acostumbrarse a llamar *hogar*. Regresó a casa de Osiel y se encontró a Francisca esperándola, cabeceando en una silla.

—Profesora —le dijo la mujer, parándose mientras se acomodaba el tirante del vestido—. Qué bueno que regresó. Sólo le quería decir algo. Tenga cuidado en Ixcuintla.

—Sí, Francisca. Ya me avisó tu esposo de la guerrilla y los narcotraficantes. No te preocupes, no pienso...

—No hablo de ellos, profesora —la mujer bajó la voz y se acercó al oído de Estela—. Nada más le encargo que, allá en Ixcuintla, nunca salga de noche.

—¿Y por qué?

—Porque en Ixcuintla hay tecuanes.

III

CUANDO ESTELA LLEGÓ A IXCUINTLA, aún era de madrugada.

Había corrido con suerte. Los locatarios no llevaban las camionetas llenas, y aceptaron llevarla entre su mercancía. La mujer viajó en la caja de la camioneta, sentada en medio de huacales con guayabas y bultos llenos de plátanos machucados. Fueron dos horas y media hasta Ixcuintla. El pueblo era pequeño. Apenas tenía unas cuantas casas de ladrillo alrededor de una plaza principal. Las demás viviendas eran sólo chozas de palma y carrizos. Frente al oxidado quiosco, se erguía una parroquia pequeña, con adornos pretenciosos, que alguna vez había querido ser todo un convento dominico. Junto a ella, una cancha de *basketball* con los aros caídos se llenaba de polvo y cascajo. La profesora se bajó de la camioneta de los rancheros. El muchacho que la había acompañado en la caja de la *pickup* tomó el equipaje de la profesora y lo arrojó fuera del vehículo. Ella se indignó.

—Óigame, llevo libros y cosas delicadas. No me las aviente.

—Usted perdone, señora —el jovencito miraba para todos lados, con el espanto en el rostro—, pero tenemos apuro, mucho apuro —en cuanto arrojó todas las cosas de Estela, golpeó la cabina, y la camioneta arrancó. En cuestión de segundos se adentraron en el camino de terracería.

Ixcuintla a esas horas estaba sumergida en la niebla, lo cual daba a sus casas un aspecto extraño, como si estuvieran mal dibujadas o fueran un reflejo en el agua. No hacía frío, pero a Estela se le erizó la piel. Sentía aquella bruma irreal, anómala, y de vez en cuando le parecía que de ella se desprendían dedos que le tocaban el cuello. En la lejanía se escuchaban los sonidos de los animales nocturnos, en especial, unos rugidos cortos, furiosos, que parecían a punto de rasgar el cielo. Estela tomó sus cosas y caminó hacia la parroquia. Tocó la puerta de cedro con la palma de la mano.

—Ábrame alguien, por favor.

Llamó por unos minutos más, sin obtener respuesta. Ni siquiera sintió la figura que se le acercó por la espalda.

—Ni le intente, bonita. El padre Trinidad tiene el sueño muy pesado. ¿En qué le puedo ayudar?

Al volverse, la profesora se encontró con un anciano delgado, cuyos brazos parecían ramas de árbol que salían de las mangas de la camisa. Ésta estaba en jirones, como si el viejo hubiera rodado de un precipicio y se hubiera levantado así, sin más. En el costado, el hombre portaba un machete que inquietó a Estela, pero cuando el viejo se quitó su sombrero de paja y le dedicó una sonrisa, la maestra se tranquilizó.

—Dígame, ¿qué hace por aquí tan tarde? O mejor dicho, tan temprano.

—Acabo de llegar. Me llamo Estela Reyes y soy la nueva...

—La nueva profesora, claro, claro —el anciano se colocó el sombrero y tomó las maletas de Estela, quien no desconfió—. Sígame, la llevo a la escuela.

La profesora se admiró cuando el hombre tomó las cuatro maletas, dos en cada brazo, y las cargó con facilidad, apoyándolas en su espalda. *Quién dijera del viejito...* pensó ella. Ambos caminaron a través de la bruma.

—Yo la veo como triste, profesora —le dijo el anciano sin verla—. Creo que algo tiene usted, como un hueco por dentro, como un mal de amores. ¿Qué le pasa?

—Nada, sólo estoy cansada —mintió Estela.

—Hummm, no. Yo conozco el cansancio muy bien. Creo que a usted se le escapó la sombra, que se le fue para perseguir a alguien. ¿Por qué no va con mi mujer? Con una limpia usted se sentirá mejor y su sombra querrá regresar con usted. No sabe cómo son de canijas las sombras. Nomás uno extraña a algún amor, y salen corriendo tras él. Sólo es cosa de que la sahumen con copal, de que le den una pasada con ruda y le prendan algunas veladoras. Vaya con mi mujer, y verá cómo se siente mejor.

Don Nabor no pudo ver la mueca de enojo de Estela.

—¿Sabe? Yo no creo en eso.

—Pues viera que es bien bueno, aunque uno no sea muy creyente.

—No, gracias —le contestó la maestra.

Siguieron en silencio hasta que llegaron a la escuela. Había que pasar una brecha, detrás de la cancha del pueblo.

—Pase, pase —dijo el anciano, indicándole la puerta—. Nomás meto sus cosas a la escuela y la dejo descansar. Allá atrás, por el pizarrón, hay un cuartito pequeño, que es donde se quedan los maestros. Ojalá que le guste, bonita.

Estela, más tranquila, buscó el interruptor de luz sin encontrarlo.

—Uy, maestra —le dijo el hombre—. Aquí en Ixcuintla no llegamos a eso. Ni siquiera hay luz en la iglesia o en la oficina ejidal. En el pueblo nos la arreglamos con leña y velas. En fin. Cuando descanse, ya en la tardecita, dese una vuelta por la jefatura ejidal. Las autoridades la quieren conocer.

La maestra estaba demasiado cansada para preocuparse por la electricidad. Agradecida, extendió la mano al anciano.

—Y ¿cómo se llama usted, señor?

—Nabor Escutia, bonita, para servirle en lo que quiera.

—Oiga, don Nabor, ¿le puedo hacer una pregunta?

El hombre la observó con picardía.

—Si es con respecto a mi esposa, no tenga pendiente: ella no es celosa —Estela no pudo menos que sonreír y sonrojarse.

—No, don Nabor. Le quería preguntar acerca de los tecuanes.

El anciano no dejó de sonreírle, pero algo en sus ojos cambió, como si una cortina se hubiera corrido en ellos.

—¿Tecuanes? No, ni son nada, bonita —dijo al tiempo que se quitaba el sombrero y lo sacudía con una mano, quitándole el polvo—. Puros cuentos de viejas. Nada, no haga caso —Estela pensó su pregunta, y se sonrojó. *A ver si me vuelvo a dejar llevar otra vez por estos malditos cuentos de espantos y brujas*, se recriminó en silencio.

—Seguramente van a mandar a alguien por usted, maestra. Ya será en la tarde, así que descanse. La veo después —le dijo don Nabor, alejandose en la bruma.

Antes de meterse a la escuela, vio otra vez al anciano. *Qué raro*, se dijo, *el camino está lleno de piedras y este hombre de Dios anda descalzo. Ni siquiera trae huarachitos.*

Unas horas después, la profesora trataba de ordenar un poco la escuela, alineando los pupitres en el salón. El piso era de tierra, lo cual hacía que al mover los bancos de madera, éstos se llenaran de polvo. El edificio estaba construido de adobe, con techumbre de hoja de palma, muy fresco para los calores de abril y mayo, pero inadecuado para las lluvias de medio año. Estela pensó que en unos dos meses debería mandar reparar algunos huecos en el techo si no quería que la escuela se convirtiera en un lodazal. Además de la única aula, la escuela tenía otras dos piezas: la habitación de la profesora y la fosa séptica, en el exterior. Estela agradeció que ésta estuviera a buena distancia de su dormitorio. Estaba arreglando sus pertenencias cuando escuchó una voz cantarina llamándola.

—¿Maestra Estela?

Cuando salió, se encontró con una jovencita de quince años que le sonreía mientras la saludaba de lejos. Estela se maravilló de la belleza de la chica, sobre todo de los ojos verdes y el cabello rizado y largo como cortina de serpientes. De lejos, a contraluz, parecía una niña, pero cuando se acercó, la profesora pudo percatarse de los pechos arrogantes y las caderas mulatas de la chica.

—Maestra —dijo la muchacha, acercándose. De manera involuntaria, hizo una reverencia casi imperceptible con la cabeza—, me mandan del consejo de gobierno para que la lleve con ellos. Allá le quieren presentar a los principales del pueblo.

—Claro —contestó Estela, sorprendida—. Sólo dame unos minutos para lavarme la cara y cambiarme. ¿Cómo te llamas?

—Domitila —la chica hizo una mueca al decir su nombre—. Pero no me diga así, no me gusta. Para usted soy "la China".

—Muy apropiado —Estela asintió, mientras abría la puerta—. Pasa, Chinita. Nos vamos en cuanto me arregle un poco.

Ambas mujeres salieron a los pocos minutos. Estela se dio cuenta de que Ixcuintla no cambiaba mucho de día. Casi no había gente en la calle, apenas unos niños de vientre hinchado jugando en la tierra, o algún anciano cargado de leña en la espalda. Lo que llamó la atención de la profesora fue que algunas de las pocas personas con las que se cruzaron eran soldados, quienes las saludaban con una inclinación de cabeza y miradas de reojo. Aparecían de cuando en cuando rostros curiosos en las ventanas, observando a la recién llegada. Cuando Estela les devolvía la mirada, desaparecían dentro de las chozas o bajaban la cortina —casi siempre una tela raída, pero muy limpia— de la ventana. La mayoría de las casas eran de adobe con el techo de palma o madera. Muy pocas eran de ladrillo con cemento. Como si le leyera el pensamiento, la China contestó.

—Las casas mejorcitas son de las gentes que tienen familia del otro lado, maestra.

—¿Y las otras?

—Son de la gente ya mayor, que no tiene hijos para mandar o que ya está muy vieja para irse. Oiga, en la escuela, ¿nos va a enseñar inglés?

—Muy poco.

—¿Pero usted sabe? Me gustaría mucho aprenderlo.

—Para irte tú también, ¿verdad?

—¿Y para qué otra cosa?

Estela iba a contestar, pero en ese momento llegaron a la comisaría ejidal. La China le señaló la puerta, se despidió con una risita y se fue. Dentro, un grupo de gente se había reunido.

—Ya la esperábamos, bonita —dijo don Nabor. Estela se asombró del cambio del anciano, pues ahora vestía una fina guayabera y pantalones de vestir. Lo único que no varió fue el sombrero y la sonrisa. Don Nabor la tomó del brazo y la guió hacia la gente.

—¿Y por qué esa cara, maestra?

—Pues porque se arregló muy bien, don Nabor. Se ve muy guapo.

—Na, no es nada. Sólo que cuando ando de comisario ejidal tengo que vestirme como gente decente.

Una mujer rolliza, entrada en años, se acercó a ellos. Tomó el brazo libre de Nabor y le dio un pellizco.

—¡Ay, mujer!, no seas celosa. Sólo traigo a la maestra a conocer a los funcionarios.

—¿Y yo qué soy? —le dijo la mujer con voz que, a pesar de ser profunda, no dejaba de ser femenina. La profesora se fijó en la blusa de Gertrudis, bordada con maestría, que parecía inflarse conforme la mujer respiraba.

—Perdón, viejita de mi vida —dijo el anciano, sobándose el brazo—. Mire, maestra, ella es Gertrudis, mi esposa, y también parte del consejo de ancianos. Él es Fermín —Nabor le señaló a un hombre grande, de espaldas anchas y rostro duro, como tallado con navaja. Éste se acercó y la saludó. El apretón fue tan fuerte que Estela se arrepintió de haberle extendido la mano.

—Espero que este viejo libinidoso no la haya fastidiado ya, señora.

—En absoluto, don Fermín.

—Pues este viejo libinidoso y estos ancianos renegones le preparamos una comida. Pequeña nomás, pero para que sepa que nos alegra su llegada.

En el recinto había una mesa hecha de tablones en donde había algunas cazuelas de comida y tlayudas. Estela, al olfatear el tasajo frito y los chapulines salados, recordó su ayuno de dos días, y poco le faltó para correr a hacerse un taco. Doña Gertrudis le ahorró la vergüenza acercándole un plato de barro bien servido. Estela comió con gusto, sintiéndose bien entre la gente de Ixcuintla. Los presentes hablaban entre sí tanto en español como en náhuatl, dirigiéndose de vez en cuando a la maestra, ya sea con una palabra, ya con un gesto amistoso, cuidando de que la recién llegada no se sintiera ignorada. Por primera vez en mucho tiempo, Estela no se sintió incómoda entre la gente.

Después de comer, don Nabor le fue presentando a los ancianos del consejo, doce en total. También le presentó al padre Trinidad, un cura obeso de rostro distante, y al capitán Benítez, quien la saludó con un largo beso en la mano.

—Profesora Reyes, un verdadero placer —le dijo el militar, viéndola a los ojos. El capitán era alto y fornido, y lo único que permitía adivinar su edad eran las canas de las sienes—. Me parece que Ixcuintla tiene mucha suerte al tenerla como profesora. Más que nosotros, en San Mateo Teotongo, que a pesar de ser más grande, no tenemos a una maestra tan bella.

—Me halaga —le contestó Estela, mientras pasaba una mano por su cabello, alaciándolo—. Entonces ¿usted es de otro pueblo?

—No soy de San Mateo, pero estamos asignados allá desde hace dos años. No estamos muy lejos: apenas dos horas y media. Debería ir a visitarme de cuando en cuando.

—Trataré de hacerlo, capitán. Sin embargo, los caminos de Guerrero luego son difíciles.

—Bueno, profesora —el militar la tomó del hombro. Estela llevaba un vestido sin mangas, por lo que sintió con cierto placer la mano grande y maciza—, si le sirve de consuelo, le diré que San Mateo ya pertenece a Oaxaca.

—Pero el camino es el mismo, capitán.

—¿Y si mandara una unidad motorizada por usted?

—Pues, veríamos entonces.

—Me parece muy bien, profesora. Ahora si me disculpa, me tengo que retirar. No se extrañe si llega un jeep preguntando por usted pronto.

El militar sonrió, se despidió de los presentes y salió de la oficina. Estela sólo escuchó el motor del vehículo del ejército alejarse. No habían pasado algunos minutos cuando se escuchó el ladrido de los perros anunciando nuevos visitantes. Los presentes dejaron en la mesa sus platos o sus vasos de aguardiente con refresco. Algunos se asomaron a la calle. Tres camionetas altas, con tumba-burros negros y vidrios ahumados habían llegado. Varios hombres con sombrero tejano y paliacates rojos bajaron de su interior. Destacaba uno, más alto y delgado que los demás, perfectamente perfumado y limpio, quien entró a la oficina ejidal junto con dos de sus acompañantes de camisa desfajada. Estela sintió el disgusto, mal disimulado, de los presentes.

—Don Nabor —dijo el acicalado, al tiempo que sacudía el polvo de su pantalón.

—Señor Jacinto —contestó Nabor, mientras hacía un taco de nopales—, qué gusto que haya dejado sus asuntos en San Mateo para venir a visitarnos.

—Espero que estén muy bien todos —respondió el recién llegado—. Vengo a hablar con usted con respecto a las tierras del cerro de la Pelona.

—Por favor, don Jacinto. Ahorita estamos en una celebración y no quiero hablar de esos asuntos. ¿Podría ser otro día? Que pasen sus muchachos a tomar un taco, y usted también.

Los acompañantes del acicalado sonrieron y se dirigieron a la mesa, de donde tomaron dos vasos de mezcal con refresco de cola. Se disponían a tomar un trago cuando su jefe hizo un ademán. Ambos hombres, presurosos, arrojaron sus bebidas al piso.

—¿Y qué celebramos? —contestó el recién llegado mientras abrazaba del hombro a don Nabor.

—Celebramos que tenemos maestra para nuestra escuela —don Nabor extendió la mano hacia la profesora—. Ella es la profesora Estela.

Jacinto ni siquiera se percató de su presencia.

—Bueno, podremos celebrar las dos cosas: la llegada de la señora y el reparto justo de tierras. Tengo los papeles en la camioneta para que los firme.

Fue Fermín, quien ya se encontraba junto a ellos, quien contestó.

—¿Que no entiende, Jacinto? Ahorita no vamos a hablar de esto. Además, ese asunto ya está resuelto. Las tierras pertenecen a Guerrero, por tanto, son de Ixcuintla de Galeana.

—Bueno, bueno. Tengan calma, señores —contestó don Nabor, apagando el incipiente conflicto con un ademán de manos—. Don Jacinto, ahora no voy a tratar ese tema. Venga otro día y lo hablamos.

—No, don Nabor, esto se tiene que resolver a la brevedad. Se lo ruego.

Los hombres de Jacinto se acomodaron la camisa desfajada, enseñando intencionalmente las armas que traían al cinto. Fue entonces cuando uno de los hombres de las camionetas, con rostro perturbado, entró y le dijo algo al oído a su jefe.

—¿Dices que ahí está? —le preguntó Jacinto a su subalterno, tratando de parecer tranquilo.

—¡Ah! Se me olvidaba decirle, señor —le dijo don Nabor—. Eliseo Yóllotl prometió venir hoy. Creo que ya llegó.

El acicalado asintió, ocultando malamente la furia de sus ojos con una sonrisa.

—Está bien, don Nabor. Vendremos otro día.

Los tres hombres salieron con rapidez y abordaron las camionetas. En cuestión de segundos, los vehículos desaparecían en medio de una polvareda.

—¿Quién llegó? —preguntó Estela a Gertrudis.

—El médico.

Estela salió a la calle. En la cancha de *basketball*, a algunos metros, se encontraba un hombre de unos cincuenta años, quien a pesar de la edad, conservaba buena figura. Fumaba un cigarrillo, recargado en una de las canastas, sin acercarse a la oficina ejidal. Una vez que se aseguró de que las camionetas se habían marchado, tiró la colilla, la pisó y se alejó con rumbo al monte.

—¿Y ése quién es? —le preguntó la profesora a don Nabor.

—Es el médico de la región, bonita.

—¿Y esta gente le tiene tanto miedo a un doctor? ¿Por qué?

—Bueno, profesora —don Nabor se quitó el sombrero y le limpió el sudor de la rodela—, es que hay de medicinas a medicinas.

IV

EL PRIMER DÍA DE CLASES probó la paciencia de Estela.
De repente se encontró adolorida, a las doce del día,
frente a un grupo de alumnos que variaba de los cinco años
hasta los dieciocho. Se había despertado a las cinco de la
mañana para recolectar leña y acarrear agua del pozo cercano. La profesora, acostumbrada a las comodidades de
su departamento, pronto vio sus manos llagadas por el uso
del hacha y las cubetas rústicas. A las ocho de la mañana,
cuando terminaba de lavarse las heridas, comenzaron a
llegar los alumnos: había desde niños pequeños y descal-
zos con una libreta sudada bajo el brazo hasta adolescentes
que parloteaban en náhuatl y español mientras reían a carcajadas. Entre ellos, llegó la China.

—Hola, maestra. Le manda saludos mi abuelo. Dice
que cómo amaneció la flor más bella de Ixcuintla.

—Bien —Estela no pudo evitar un sonrojo—. ¿Y
cómo le va a él?

—Pues bien, nomás cuidándose de mi abuela.

—Oye, y el asunto que tenía con los de San Mateo,
¿ya lo arregló?

—Se ha hecho el desentendido —la chica levantó
los hombros—. Al fin que el tal Jacinto no se ha parado
por aquí.

Estela, en las pocas semanas que llevaba en la comunidad, apenas si había escuchado rumores del problema de las tierras, pues la gente de Ixcuintla con la que ella trataba era hermética, y se deshacía en evasivas amables en cuanto ella quería tocar el tema. La maestra ya apreciaba a don Nabor, y le preocupaba la actitud del *tal* Jacinto y sus hombres.

—Ojalá que lo arregle.

Ya casi cuando la profesora se disponía a cerrar la puerta, llegaron un par de alumnos más, soldados del cuartel de San Mateo. Éstos entraron al salón y, tímidamente, mientras se quitaban las gorras, ocuparon sus pupitres. Estela, acostumbrada a los niños de seis años, al principio se desconcertó por lo heterogéneo del grupo. Sin estar muy segura, inició sus clases con un repaso del abecedario a pesar del fastidio que le mostraron algunos alumnos.

La clase terminó a la una de la tarde, cuando el calor en Ixcuintla se pega más al cuerpo. Estela vio con cierto agrado la estampida de niños que se agolpó en la puerta, para después perderse en dirección a sus casas. *Canijos chamacos. Son iguales en todos lados*, pensó. Los jóvenes fueron más pacientes, pues salieron con calma, después de prometer a Estela que le ayudarían con la leña y el agua. La China se despidió de ella con algarabía y salió con rumbo a los árboles que crecían al costado de la escuela. La profesora observó por la ventana y se percató de que uno de los militares esperaba a la muchacha. *Sí, son iguales en todos lados,* pensó con nostalgia. Ya se disponía a cerrar la puerta cuando se dio cuenta de que uno de los niños se había quedado en el fondo del salón, en su pupitre, dibujando en un cuaderno.

—¿Tú eres Pablito, verdad? —le preguntó Estela. El niño dejó su labor y asintió. Ella se maravilló de los ojos del niño, claros al punto de parecer gotas de ámbar.

—Sí.

—¿Y por qué no te vas a tu casa?

—Porque mi mamá todavía no llega. Fue a San Mateo. Hoy es día de mercado.

Estela recordó que en días pasados le habían presentado a la mamá del niño, Vicenta, que era tejedora, y trabajaba el bordado de blusas.

—¿Y a qué hora llega?

—A lo mejor en la tarde, maestra. ¿Me puedo quedar la tarde con usted?

Estela dudó. Enviciada de su soledad, acostumbrada a rumiar sus tristezas, de repente la idea de pasar el día con alguien más le pareció desagradable. Sin embargo, aceptó.

—Pero tengo que arreglar mis cosas y preparar la clase de mañana, Pablito. No puedo jugar contigo.

—No tenga pendiente, maestra, me quedo dibujando aquí.

Estela se alegró para sus adentros. *Un niño serio, silencioso y quietecito como mueble, ojalá así fueran todos de cuando en cuando*, pensó. Bajó la vista y vio el dibujo del niño. Con lápiz, había plasmado al pueblo, con su cancha de *basketball* abandonada, su parroquia, su pequeño quiosco. Detrás, Pablito había dibujado los montes en forma de ondas, como un mar de árboles. La profesora se fijó en unas figuras negras, de ojos grandes, de brazos largos, que el niño había puesto en las orillas.

—¿Y éstos quiénes son?

—Los que nos cuidan —le contestó el niño, sin dejar de mover el lápiz.

La profesora quiso preguntarle a qué se refería, pero no le dio importancia y se dirigió a su habitación.

Caída la tarde, Ixcuintla se comenzaba a despoblar.

Desde las cinco, cuando el cielo comenzaba a ruborizarse, la gente se apresuraba en lo que estaba haciendo. Ya eran pocas las personas que se veían a las siete, cuando la noche comenzaba a caer en el pueblo como una nube de polvo de grafito. Fue a esa hora cuando Estela entró al aula y se encontró todavía a Pablito en ella.

—¿No ha llegado tu mamá?

—No, maestra, y no creo que llegue hoy.

—¿Por qué?

—Porque la última camioneta que viene de San Mateo llega a las seis de la tarde.

La profesora se preocupó. No le gustó la idea de que Pablito pasara la noche en la escuela. *Sólo hay una hamaca, y dormir los dos en ella es muy incómodo*, se justificó la maestra, *y no me gusta la idea de hacerlo dormir en el piso.*

—¿Y tu papá no viene hoy?

—Mi papá está trabajando en Estados Unidos. Viene cada año, y eso a veces.

—¿Algún tío, o tus abuelitos, o algún pariente?

—No —el niño tomó su lápiz y se rascó la nariz con la goma. Lo guardó en el morral que llevaba—. Aunque, cuando mi mamá no llega, me quedo con don Nabor.

Estela suspiró aliviada.

—Vamos con él, entonces.

Cuando llegaron a casa del comisario ejidal, éste se encontraba sentado en el patio de tierra, en una silla que en otro tiempo había sido de mimbre tejido. Fumaba un cigarro sin filtro.

—Hola, maestra bella —dijo el anciano al tiempo que tiraba la colilla—. ¿Y por qué trae a este chamaco de porra? ¿Lo dejó castigado por verle las piernas?

—No. Su madre no ha llegado.

—¡Ah, qué Vicenta esta! Otra vez descuidando al hijo por darle gusto al cuerpo.

—¿Perdón? —preguntó la profesora.

—Bueno, es que hay cosas que no sabe —el anciano mandó al niño. En cuanto Pablito se hubo alejado, Nabor se acercó a Estela.

—Lo que pasa es que Vicenta tiene hombre en San Mateo —le susurró el viejo—. No es que me guste el chisme, bonita. Nomás se lo digo porque, como autoridad, tengo que estar enterado.

La profesora asintió con la cabeza, divertida por don Nabor.

—Entonces, mi guapo comisario ejidal, ¿Pablito se puede quedar con usted?

—Sí, maestra. Con gusto. Sólo tenemos que esperarnos tantito, en lo que mi mujer se desocupe.

Cuando el anciano dijo esto, la maestra reconoció el olor que llegaba de la casa de don Nabor. *Es copal quemado con hierbas,* pensó mientras fruncía el ceño con desagrado. Se acercó a la puerta de la casa y vio al interior. Un niño de no más de ocho años, uno de sus alumnos, estaba tendido en el piso con los brazos en cruz. Estela entró a la casa y sintió como le lloraban los ojos por el humo. Doña Gertrudis se encontraba de hinojos al lado del chiquillo, con un carrizo en la mano, el cual apoyaba en el estómago del niño. Después de murmurar un rezo en náhuatl y español, puso su boca en el extremo libre del carrizo, y aspiró. La profesora pudo ver que la succión hacía que la piel del niño se tensara, y en momentos se llegaba a amoratar. Por los quejidos del paciente, Estela se dio cuenta de que era una operación dolorosa. Cuando no utilizaba el carrizo, la anciana cantaba en un tono bajo, casi rezando, con los ojos cerrados. Una botella de licor y un montón de semillas negras descansaba al lado de la curandera.

—¿Qué le hace al niño? —casi grita la profesora—. ¿No ve que le duele? —don Nabor la tomó del brazo, con suavidad, y la condujo al patio.

—Ahorita no la escucha, bonita —le dijo el viejo—. Tomó mezcal con semilla de ololiuhqui.

—¿Qué le hace al muchacho?

—Le está curando un empacho.

—¿Un empacho, entonces? —en el tono de la maestra había un desprecio que don Nabor nunca había escuchado—. ¿Y si ese niño sólo tiene una indigestión y esta curada de empacho lo lastima más? ¿Y si es el apéndice y por andar con esto al niño le da peritonitis y se muere?

—No, no. Tiene nomás un empacho. Lo más seguro es que el diablo de chamaco haya comido tierra y le hizo mal.

—Me había dicho que hay un médico en el pueblo…

—Bueno, no aquí, precisamente. El doctor Eliseo vive por allá por el cerro de la Pelona, como a una hora. Allá hay medicinas, y el doctor hasta se hizo una plancha de cemento para los partos y una que otra abierta de panza.

—¿Y por qué no lo llevaron allá?

—De allá venimos. El doctor nos dijo que era empacho, y que lo curara mi Gertrudis.

—Valiente doctor tenemos —contestó la profesora. Se despidió rápido del anciano y de Pablito, y regresó a la escuela.

V

EL DOCTOR ELISEO DABA LOS HACHAZOS como si estuviera cortando rocas.

A pesar de que ya tenía suficiente leña para dos meses, seguía acarreando troncos y cortándolos en pedazos cada vez más pequeños. La noche cálida y el trabajo le tenían empapado el torso, del que sobresalía una panza engañosa. "La tuya es de esas barrigas que uno cree que están bofas," recordó lo que alguna vez le dijo la anciana Tita, "y que cualquier bravero siente que pueden golpear sin hacerse daño. Luego, se dan cuenta, con la mano adolorida, que están duras como piedras de río".

Hacía tiempo que Yóllotl no se sentía tan perturbado. La nueva profesora, a la que había visto de lejos, le había dejado una sensación rara en el pecho, que de vez en cuando se le bajaba a la entrepierna. *Tiene el mismo porte que Raquelita, la misma forma de caminar,* había pensado el doctor, la primera vez que la vio, fuera de la comisaría ejidal. El doctor había nacido en el pueblo de Ixcuintla cuando la miseria todavía no se había asentado ahí. Su padre era comerciante de fuegos pirotécnicos y había visto en su hijo avidez y buena cabeza. *Mejor que se vaya al estudio*, había dicho. Desde los quince se fue a la Ciudad de México, con unos parientes, donde estudió medicina en la Universidad. Eran tiempos de ideas, de utopías alcanzables más allá de la mesa de café, de leer el pequeño libro rojo de Mao y de recitar fragmentos de *El capital* como si fuera el Credo. Ahí fue donde conoció a Raquel, aquella mujer de cabello rojizo y senos pequeños con la cual amaneció un día abrazado y desnudo. La chica estudiaba ciencias políticas, y anhelaba un hombre sencillo como Eliseo y un lugar como Ixcuintla, donde se pudiera alcanzar el paraíso de nuevo de la mano de Marx. Ella aceptó, una vez terminadas las carreras de ambos, irse con él a Ixcuintla. "Así comenzamos a organizar a la gente, cariño, a decirle que se puede ser algo más que pobre, que la justicia no es sólo algo que dicen los políticos cuando andan en campaña", le había dicho la que era su esposa. El padre, ya difunto, había heredado a Eliseo una propiedad junto al cerro de la Pelona, donde construyeron una casa. Pronto su vivienda funcionaba como clínica y comité de organización para los campesinos de la zona.

Aquéllos eran tiempos de caciques que preferían al indio callado y analfabeto. Tiempos del partido único, y tiempos en los que el gobierno organizaba a los pobres para combatir a otros pobres. Pronto comenzaron los hostigamientos, las amenazas, los animales crucificados a la entrada de la clínica. Eliseo temió por su esposa, por el niño que esperaban y que apenas se le adivinaba en la curva del vientre. Ella lo tranquilizó. "No te preocupes, cariño. Así es siempre en todos lados. Nada más nos quieren asustar", le había dicho. Una noche llegaron, encapuchados, con uniformes de policía estatal, y abrieron fuego contra la clínica. Hirieron a Eliseo en el hombro, y a Raquel en una rodilla. Después de la balacera, entraron, golpearon con las cachas al doctor y después lo tuvieron consciente el tiempo justo para que viera como rajaban a su esposa con un cuchillo y arrojaban el feto a la pared. Tiraron a Eliseo en el monte, en la zona donde se habían visto fieras carnívoras, donde ni asesinos como ellos se atrevían a cruzar de noche. Ahí lo encontró la anciana Tita.

Eliseo dio el último golpe con el hacha y cayó de rodillas en la tierra. Temblaba. Hacía mucho que no pensaba en una mujer, hasta que vio a la profesora Estela. Se sentía culpable... Tenía miedo de que se le apareciera Raquel y le recriminara su inconstancia. Escuchó un aleteo, como si un ave grande pasara cerca.

—¿Ya terminaste de llorarla, m'ijo? —le dijo una voz aguda, casi como un graznido, a su espalda. Era la anciana Tita, que bajaba del monte. Iba envuelta en un rebozo sucio y deshilachado. El doctor siempre la había visto con él. Parecía una extremidad más de la vieja, como un ala con la que se cubriera.

—No la escuché —le contestó Eliseo.

—¿Y cómo me vas a escuchar, tarugo, si estás hablándote tú solito?

—¿Qué hace por acá, Tita? No la esperaba tan pronto.

—Pues ya ves, nomás zopiloteando.

Eliseo sonrió sin quererlo. La menuda anciana se sentó en el tronco donde el hombre cortaba los leños. Yóllotl pensó que si alguien viera el rostro de Tita, no podría adivinar su edad, pues tenía cara de niña maliciosa. Había que ver las manos, largas y arrugadas, o los cabellos, canosos y enhiestos, para saber que ya llevaba mucho tiempo deambulando por el monte.

—Te siento extraño, m'ijo, como con una aprensión.

—No es nada —el doctor trataba de evitarle la mirada.

—Nada, nada, ¡Bah! —dijo Tita después de escupir—. Anda que a mí no me puedes hacer taruga.

—Sólo son tonterías.

—¿Ya viste a la nueva maestra de Ixcuintla? Se parece mucho a tu Raquel, sólo que con el cabello prieto.

—No me he fijado.

—Hazte menso —la anciana sonrió. Eliseo pudo ver otra vez la dentadura de la anciana, fuerte y blanca, que brillaba como un pedazo de luna—. Yo bien conozco las dolencias de ustedes los hombres. Ya necesitas mujer, m'ijo, y no veo con malos ojos a la tal Estelita.

—Ahora no me puedo preocupar de tener mujer, doña Tita. Además, he escuchado hablar de ella. Siempre está callada, apocada, y de vez en cuando hace berrinches como niña chiquita. Nabor me refirió el otro día que se molestó mucho por haberle mandado a Gertrudis a un niño enfermo de empacho.

—Quien te viera, m'ijo. Tan grandote y estudiado y dejándote llevar por chismes —Eliseo se sonrojó—. No juzgues a la profesora a la primera, ni de oídas. Tiene espíritu, sólo que no lo sabe —la anciana se puso en pie y caminó hacia el pozo, miró en él y tiró de la cuerda. Bebió un poco de agua del cubo—. ¿Has visto un ocelote cuando se cae a un pozo seco? Nomás se la pasa chillando, arañando las paredes, escarbando el fondo. Algunas veces, está tan desesperado que se comienza a arañar y a morder él solito. Pero una vez que sale, agradece más la libertad que logró, y se vuelve más bravo y más

valiente. No has visto bien a la profesora: no es capri-
chuda, nomás la metieron en un pozo seco.

Eliseo la observó, asombrado.

—¿Quiere decir que ella podría... aprender?

—Quién sabe, m'ijo. Quién sabe —remató la anciana
y se dirigió a la floresta. Eliseo supo que se había ido
cuando escuchó de nueva cuenta el aleteo.

VI

UN SÁBADO, ESTELA PENSÓ ir a San Mateo.
A las nueve de la mañana pasó un camión de redilas
que la llevaría, y que era el mismo que, a las cinco
de la tarde, la traería de regreso. El precio del pasaje
le parecía escandaloso. Lo pagó a regañadientes. *Cien
pesos por un viajecito de dos horas. Se aprovechan
estos canijos,* pensó. En el mismo vehículo, rebotando
entre los tablones de la caja del camión, iba una mujer
con una blusa tejida con maestría, llena de colores ale-
gres, que contrastaba con el rostro duro de quien lo
portaba. Estela la reconoció como la madre de Pablito.
Mira nada más, pensó la maestra. *En el tiempo que
llevo en Ixcuintla no he hablado con ella. Voy a apro-
vechar ahora.*

—¿Señora Vicenta? —le habló la maestra, sólo por
hacer plática—. ¿Cómo está Pablito?

—Como siempre, maestra, dibujando y soñando.

—¿Va al mercado? —le preguntó la maestra al ver
las bolsas de yute, llenas de mercancía, que llevaba la
mujer.

—No. Nomás voy a vendérselas a los comerciantes
de allá. No me dejan venderlas en el mercado. Dicen que
sólo es para los de San Mateo.

—¿Y a cuánto se las pagan? —al saber el precio, la maestra se indignó. *Tan sólo los hilos de colores valen más,* pensó.

—¿Y por qué no se anima a irse a venderlas a Acapulco, o a Oaxaca? Verá que allá se las pagan mucho mejor y hasta costea el viaje.

Vicenta apretó el rostro.

—No nos dejan —le dijo al tiempo que se sentaba—. La gente de San Mateo no nos deja. Dicen que nomás a través de ellos las podemos vender.

Estela no dijo más. Observó el rostro huraño de la tejedora, avejentado, agrio. *Debe de tener más o menos mi edad, sin embargo, parece ya de más de cuarenta años,* pensó para sí.

San Mateo está localizado a hora y media de Ixcuintla. Es cabecera del municipio de San Mateo Teotongo, que ya está localizado en Oaxaca. En medio de ambos poblados, a pocos kilómetros de Ixcuintla, está el arroyo viejo, y poco más allá, al norte, el cerro de la Pelona. El arroyo era más bien un pequeño río, que a pesar de su tamaño corre caudaloso desde la sierra de Oaxaca hasta los linderos del cerro. "Le dicen Arroyo Viejo porque es de aguas muy antiguas", le había contado don Nabor. "Dicen que nace en el corazón de la Mixteca, en el centro de la tierra donde viven los dioses. Mis abuelos contaban que sus fuentes son las tinajas en donde ellos se bañan, y que por eso sus aguas son tan buenas".

Y parecía que sí. El arroyo terminaba desdibujándose en muchos arroyitos y ojos de agua que irrigaban las faldas y alrededores del cerro de la Pelona. Gracias a esas aguas, esa zona era en extremo fértil: crecían ahí desde árboles frutales hasta maíz, desde calabazas hasta frijol, desde huauzontles hasta marihuana.

Estela llegó adolorida a San Mateo. Cuando se bajó del camión, buscó a Vicenta, pero ésta se había desaparecido. Se dirigió al zócalo a buscar sus compras: lápices, cuadernos, papel sanitario. Todo lo compró a precio exorbitante. Los comerciantes del pueblo, al saber quien era y de donde venía, se mostraban hoscos, casi hostiles. Algunos incluso no quisieron venderle, alegándole que no tenían en existencia. *Como si no pudiera ver qué hay detrás del aparador,* mascullaba con rabia la profesora. Después, para calmar sus ánimos, caminó un poco por el pueblo. San Mateo era más próspero que Ixcuintla. Sus calles estaban bien adoquinadas, y sus prados, cultivados con cuidado. Había casas de cemento en más cantidad, algunas muy ostentosas, de dos pisos o más. Estela las observó bien: colores chillones, puertas de acero, alambre de púas, camionetas grandes y estrafalarias en los garages. Muchas de ellas también tenían antena parabólica, que brillaba en el techo de las viviendas como un sol robado.

La maestra llegó al zócalo y vio salir de una de las puertas a Vicenta. Se fijó bien en el rótulo: COMITÉ REGIONAL. PARTIDO REVOLUCIONARIO INSTITUCIONAL. Se disponía a alcanzar a la tejedora cuando escuchó que la llamaban.

—¿Profesora Estela Reyes? —dijo una voz tan acicalada como su dueño.

Al darse la vuelta vio a Jacinto Alvarado sonriéndole. Era de esas sonrisas de cortesía, de esas que a veces Estela pensaba que se vendían en cualquier tienda de cosméticos.

—Recordó mi nombre —le contestó la maestra.

—Es una muy agradable sorpresa que nos visite. Además, muy oportuna —el hombre le pasó una mano por la espalda, y Estela reconoció un perfume floral en aquel brazo—. ¿Me permite invitarla a mi oficina? Necesito que me regale unos minutos de su tiempo.

La oficina de Jacinto estaba limpia y perfumada. Tenía muebles de maderas finas. Alvarado le ayudó a sentarse, para después tomar su silla detrás del escritorio de cedro.

—Seguro ha oído hablar de la confusión con respecto a ciertas tierras que tenemos con Ixcuintla —Jacinto encendió un ventilador, llenando la oficina del ruido de las aspas.

—¿Las del cerro de la Pelona?

—Efectivamente, profesora —Estela se percató de que el ventilador sólo refrescaba a Jacinto—. Es un conflicto que tiene años, pero desde que estoy como funcionario del partido, se ha enardecido. Déjeme le explico el problema a detalle: durante la repartición de tierras que hizo el general Cárdenas, esa zona quedó como parte del municipio de Ixcuintla de Galeana, aunque con anterioridad había sido parte de San Mateo. Sin embargo, hace unos meses, un juez federal rectificó los límites estatales, y en el acta, las tierras del cerro de la Pelona vuelven a ser parte de nuestro municipio —el hombre le tendió unos documentos, llenos de palabras legaloides, que Estela malamente alcanzó a entender—. Así, las tierras en litigio pertenecen legalmente a San Mateo, debido a que, por definición, pertenecen a Oaxaca, no a Guerrero.

—Disculpe, Jacinto —lo interrumpió Estela—. Por lo que sé, la frontera de ambos estados es el arroyo viejo, y el cerro de la Pelona y sus tierras están más allá de él. Entonces, por lógica, pertenecen a Guerrero, y por lo mismo, a Ixcuintla.

El rostro de Jacinto enrojeció.

—No precisamente, profesora. Por años se ha tomado al arroyo como la frontera natural, pero en la corrección de la frontera de los estados quedó estipulado que las tierras pertenecen a San Mateo.

—¿Y por qué me cuenta todo esto a mí? —preguntó Estela, al tiempo que dejaba los documentos en el escritorio. Jacinto exhaló aire, sacó un pañuelo y se secó el poco sudor que le comenzaba a aparecer en el cuello. La profesora tenía buen olfato, y se percató de que el pañuelo también estaba perfumado.

—Porque usted es funcionaria del gobierno.

—Sólo soy profesora rural.

—Eso es ser funcionaria, Estela. Le comento esto por lo siguiente. A pesar de que las leyes nos han dado la razón, de que varios jueces han fallado a nuestro favor, las autoridades de Ixcuintla se niegan a entregar las tierras a San Mateo. Esto tiene a los ejidatarios de aquí muy molestos, como se habrá dado cuenta. Muchas de las gentes de aquí son de armas tomar, y pudiera darse un enfrentamiento entre ambos pueblos que podría llegar a ser muy sangriento.

Estela sintió cómo la mirada de Jacinto se afilaba. Sintió un estremecimiento.

—Entonces, Jacinto, ¿yo qué tengo que ver con ello?

—Por lo que sé, usted es buena amiga del comisario ejidal, Nabor Escutia. De hecho, es él quien se ha negado, una y otra vez, a hacer el reparto como se debe. Le ruego que hable con él, convénzalo, hágalo razonar. Mire, yo lo que quiero es evitar una tragedia.

—Lo siento como amenaza, Jacinto, y no se la acepto —la profesora se levantó de su asiento y se dirigió a la puerta. Se detuvo cuando vio a dos de los hombres de Alvarado que le cerraban el paso. A Estela le llamó la atención la barba cerrada y los ojos sanguinarios de uno de ellos.

—Mire, profesora. No es amenaza —Jacinto comenzó a caminar alrededor de Estela, sin quitarle la vista—. Yo quiero lo mejor para nuestros pueblos, pero los ejidatarios de San Mateo están muy encolerizados. Llegará un momento en que yo no pueda controlarlos, por más que quiera. El único que puede evitarlo es don Nabor. Ojalá que pueda hablar con él —el acicalado le tomó la mano y puso en ella los oficios que antes le había mostrado—. Llévele estos papeles para que los firme, y yo hablaré con los pobladores de aquí. Le ruego que me ayude con eso, por favor.

En eso llegó un hombre alto, vestido de verde olivo que, contra su costumbre, no se quitó la gorra militar cuando entró. Estela no pudo evitar sonreír cuando lo reconoció.

—¿Hay algún problema, Jacinto?

—No, en absoluto, capitán Benítez.

—Entonces ¿por qué pareciera que la profesora ya se quiere ir, y tus hombres no la dejan?

—Sólo estamos hablando y, por cierto, de un asunto civil. Nada que ver con ustedes —el capitán tomó a Estela del brazo.

—Bueno, si sólo están hablando, pueden hablar otro día. ¿No te molesta que me lleve a esta hermosa mujer?

Jacinto solo masculló un "en absoluto" que la profesora no alcanzó a escuchar. Cuando salió a la plaza principal, acompañada de Benítez, se percató de que ya había oscurecido.

—Ya no alcanzo transporte para Ixcuintla —dijo ella.

—No se preocupe, profesora. Yo la llevaré hasta Ixcuintla en un Jeep —el militar le pasó un brazo por la cintura, y ella no se resistió.

Estela sentía como el viento tropical la acariciaba en el vehículo descapotado de Benítez. La noche olía a las frutas caídas de los árboles y a las flores que sólo en la oscuridad comparten su aroma. De vez en cuando, para refrescarse, la profesora echaba la cabeza para atrás, permitiendo que el aire jugara con su cabello.

Desde los tres meses que llevaba en la región, el capitán la había frecuentado en algunas ocasiones. Bien mandándole flores con alguno de sus soldados, bien invitándola a comer cuando ella iba a San Mateo. A ella le parecía agradable, aunque algo rústico. Se lo imaginaba como un perro San Bernardo, noble pero tosco. Sin embargo, Salvador Benítez era varonil, y ella lo percibía en el olor del hombre, un aroma picante, como de maderas.

Definitivamente, no es mi tipo de hombre, pensaba Estela, y por eso se sentía cómoda con él. A ella le gustaban los hombres refinados, limpios, de dedos largos, que podían esconder mentiras entre versos apasionados. El militar no: era demasiado franco, demasiado leal. Salvador Benítez le podía agradar, pero sabía que no se podía enamorar de él. Tal vez por eso, esa noche, al llegar a

Ixcuintla, Estela se dio cuenta de que algo de la humedad de su cuerpo no era culpa del sudor. Tal vez por eso, tomó la mano del militar cuando éste se despedía.

—Quédate —le susurró.

Al otro día, Estela veía las marcas de las llantas del vehículo en el patio de la escuela.

Le remordía la conciencia el haberle pedido que se fuera a las cinco de la madrugada. *Pero, Estelita, nada más espérate a que amanezca; todavía es de noche*, le había murmurado mientras la abrazaba. Ella insistió, y él se fue. La maestra se rio para sí cuando vio al capitán Benítez, hombre macizo y fuerte, salir temblando de la escuela y con la pistola en la mano.

Estela no quería chismes rondándole como moscas. Además, había otra causa: a pesar del buen trato de Benítez, de su espalda ancha y empapada de sudor, de las manos callosas que le recorrieron el cuerpo en la noche, no quería que amanecieran juntos. *Eso es muy íntimo, muy cercano*, pensó ella, envuelta en una bata recordando el sabor de la piel del militar. Observó una figura saltarina a lo lejos, que la llamaba.

—¡Maestra, maestra! —exclamó la Chinita, jadeando, cuando llegó frente a ella—. El consejo de ancianos está reunido. Se supo lo que pasó ayer y mi abuelo quiere hablar con usted.

La profesora asintió. Sin darse cuenta, quiso borrar las huellas del jeep con el pie. La China soltó una risita.

—No, de eso no. De lo de Jacinto.

La comisaría ejidal lucía diferente de cuando Estela la conoció. Ya no tenía adornos de papel picado, y estaba ocupada por una mesa de pino, lijada y sin barnizar. Alrededor de ésta, varias sillas tejidas estaban ocupadas por el consejo de ancianos. Don Nabor le sonrió desde la cabecera de la mesa.

—Hola, niña preciosa. Pásele que la estamos esperando. ¿Ya desayunó? Hay tamales y champurrado de maíz. Poquito, pero alcanza.

—No, gracias, don Nabor —contestó ella y se sentó junto al comisario—. Dígame, ¿en qué le puedo servir?

—Supimos ayer que Jacinto Alvarado habló con usted. Nada más queremos saber qué le dijo.

La profesora les contó la entrevista con el acicalado. Todos la escuchaban, a veces, asintiendo; otras, haciendo chasquidos con la boca, como de enojo. Estela se cuidó de mencionar la llegada de Benítez. Cuando terminó, Estela le dio los oficios a Nabor.

—Me entregó esto —don Nabor agradeció, tomó los papeles y los puso al lado, con desapego.

—Gracias, bonita. No se preocupe, Alvarado es bien hocicón, pero tendremos cuidado de que no la vuelva a molestar.

—Entonces —casi grita don Fermín, con la mano hecha puño. Estela esperó a que diera un golpe en la mesa, pero el hombre se contuvo—, ese limpiecito la amenazó. Hay que enseñarle buenas maneras. ¿No crees, Nabor?

—No. Sólo está ladrando, pero sabes que no se atreve a venir a Ixcuintla.

—Eso dices. ¿Y qué pasó el día que llegó la maestra? ¿No estuvo aquí olisqueando?

—Nada más andaba a ver qué pescaba. Además, si viene Yóllotl, él se va corriendo como perro con la cola entre las patas.

—Lo sé —don Fermín bajó su tono de voz. Las venas de su frente comenzaron a enrojecerse—. Pero no podemos depender de Eliseo. Él vive en el cerro, y cualquier día nos van a querer meter un susto, y él no va a estar aquí. Hay que pensar en las mujeres, los niños, Nabor. Tenemos que protegernos de otra manera.

—Sabes que estamos bien protegidos —le dijo Nabor.

—No. No podemos depender de... —Fermín vio de reojo a Estela. Hizo una pausa—, de Yóllotl y de los otros. Hay que tomar otras precauciones. Tengo algunos amigos allá en Chilpancingo que nos pueden conseguir armas—. La profesora se percató de que el rostro de Nabor se endurecía.

—No, compadre Fermín, armas en este pueblo, no.

—Pero necesitamos algunas. Unas pocas, nada más.

—¡No! —don Nabor dio un manotazo a la mesa—. ¿Quieres darles una excusa a los militares para que nos estén molestando? ¿Que digan que somos guerrilla? ¡No seas tonto!

Fue doña Gertrudis quien, alzando los brazos, calló a los dos hombres.

—Nabor tiene razón, Fermín —dijo la anciana. Los demás del consejo asintieron—. Eso de las armas es de mucho peligro. No podemos picarle la cresta al gobierno para que nos moleste.

—No estoy hablando de muchas —insistió Fermín, ya resignado—. Solo unas cuatro o cinco, que parezca que son para cazar en el monte.

—Ninguna, compadrito —le contestó el comisario ejidal—. Acuérdate de cómo es la gente de Jacinto. Si nosotros tenemos cinco armas, ellos vendrían con diez, y con el ejército detrás. Además, como bien sabes, no tenemos rifles ni pistolas, pero no estamos desarmados.

Fermín quiso hablar, pero lo pensó y sólo le dio la razón, no muy convencido, a Nabor. A Estela le pareció como si fuera una tormenta que, a la hora de llegar, se deshace en el cielo.

—Tenemos que decirle a Yóllotl que esté más al pendiente —concluyó don Nabor—. Hay tiempo. En un mes será la fiesta del santo patrono y nadie es tan valiente como para hacernos algo en esas fechas. Hay que organizarla bien porque celebramos muchas cosas —Nabor hizo un guiño a Estela—, y tiene que estar como en muchos años no ha estado —tomó los oficios de Jacinto y los rompió.

Estela se despidió de todos y se dirigió a la puerta. Antes de salir, Nabor la llamó.

—Y otra cosa, bonita. Dígale a Benítez que no tiene por qué tener miedo en las noches. Dígale que le tenemos aprecio aunque sea militar —el comisario repitió el guiño.

VII

ESOS DÍAS EL PUEBLO pareció despertar. Conforme se acercaba la fecha de la celebración del santo patrono, la gente comenzaba a salir a las calles para preparar la fiesta del pueblo. Los hombres dejaban sus labores y se dedicaban a restaurar la parroquia, y las mujeres recolectaban los alimentos que ellas mismas cocinarían en esa fecha, o bien trabajaban con adornos de papel amate. Esos días muchos de los ixcuintleños que estaban en Estados Unidos regresaban para estar con su familia. "Nomás vienen a ver si su ombligo sigue enterrado aquí", le había dicho don Nabor a Estela.

Un día, Nabor fue por ella a la escuela. La esperó bajo un naranjo, con un ramo de nardos en la diestra.

—¿Cómo está la flor más bonita de Ixcuintla? —dijo el anciano al tiempo que le daba el arreglo.

—Bien, ¿y el comisario ejidal más coqueto?

—Pues pasándola, Estelita —Nabor se quitó su sombrero, tan deshilachado como limpio, y se enjugó el sudor con un paliacate—. Quería que me hiciera un favor. ¿Me podría acompañar?

Estela aceptó y tomó el brazo del anciano. En el pueblo observó las camionetas de los recién llegados, con placas de Minnesota o de Kansas, y a los hombres que las conducían: morenos, sonrientes, con gorras de *baseball*. Algunos coqueteaban con las muchachas en la plaza, haciendo sonar el motor de sus vehículos u ofreciéndoles chocolates americanos. Ellas, como respuesta, les ofrecían tlayudas o platos de pozole en sus casas.

—Mírelos nomás, bonita. Tantos muchachos aquí. Hasta uno siente como si se le hiciera grande el pecho. Ojalá se quedaran después de las fiestas. Así no se sentiría tan desierto el pueblo.

—Sí... —contestó Estela.

—El motivo por el que le pedí que viniera, bonita —le susurró Nabor—, es porque le quiero pedir que de favor hable con la China. Parece que salió con su *domingo siete* con un soldado y está muy triste.

Estela apretó los dientes.

—¿Cómo dice? ¡Chamaca tonta!

—Pues sí, pero qué se le va a hacer. Nosotros vamos a estar ahí, apoyándola, pero ya ve que ella tenía sus sueños de irse para el otro lado, y con el niño será más difícil. No queremos que se sienta mal, pero yo no hallo qué palabras decirle y mi Gertrudis es muy dura para estas cosas. A usted le tiene mucha confianza. Ayúdele a cargar la tristeza un rato, nada más para que no se vaya a quedar chueca.

—Claro, don Nabor —contestó la profesora, preguntándose qué palabras le diría a la jovencita. Caminaron un rato por el pueblo hasta que llegaron, por fin, a la vivienda del comisario ejidal. Una vez ahí, Estela vio que la China estaba sentada en la silla del patio, con la mirada húmeda y ausente. El viejo entró a la casa sin decir palabra.

—Chinita —saludó la profesora—. ¿Cómo estás?

—Algo bien.

—Me contó tu abuelo lo que pasó. Puedo hablar con el capitán Benítez para que te responda el padre...

—No, no es eso, profesora —la chica subió las piernas al asiento y cruzó los brazos apoyándolos en las rodillas. Contenía el llanto—. Es que me siento bien tonta. Nada más por andar de loca.

—Eso no es cierto. A cualquiera nos puede pasar algo así.

—Pero yo de taruga le creí. "No va a pasar nada. La primera vez no te preñas", me dijo el muy baboso. Lo peor es que ni lo quiero. Nada más andaba de curiosa.

La profesora acercó un banco de madera y se sentó en él. Tomó la mano de la chica.

—Vamos, no seas exagerada. Tampoco es el fin del mundo.

—Pero yo me quería ir, maestra —la China sollozó—, ya no quería estar en este pueblo. ¿Qué voy a hacer aquí, y más con un niño? No puedo pasar al otro lado panzona.

—Pues te vas a tener que quedar, por lo menos por un tiempo, en lo que el niño crece.

—¿Y mientras qué hago?

—Pues... ¿Qué te parece si estudias?

—¿Y para qué? ¿De qué sirve el estudio para salir de pobre?

—Pues estudiar no te saca de pobre, pero por lo menos te quita lo maje.

—Pues me lo hubiera quitado antes. Así no me hubiera pasado esto.

Estela pasó sus dedos por el cabello de la China.

—Oye. A las mejores mujeres nos pasa enamorarnos de hombres idiotas. Es como una maldición que cargamos. Pero no por eso eres tonta, ni por eso se acabó tu vida.

—¿Usted cree? —murmuró la muchacha.

—Sí. Sí creo. Por ahora, veremos qué podemos hacer con el padre. Él también puso su parte, y no vamos a dejar que se haga menso.

—Maestra, quiero estar sola un ratito. ¿No se enoja si me voy?

Estela dijo que no, y la China se fue a caminar al monte. Nabor salió de la casa, con rostro complacido. La maestra supo que había escuchado la conversación tras la puerta.

—Gracias, bonita —le dijo el viejo.

—No creo que le haya ayudado mucho.

—Verá que sí —sonrió Nabor—. ¿No gusta pasar? Ahorita mi mujer no está trabajando. ¿No quiere un taco?

Estela recordó el olor del copal con las hierbas quemándose, y se le revolvió el estómago.

—No gracias. Tengo que llegar a preparar clases.

La profesora rechazó con amabilidad los ofrecimientos de don Nabor por acompañarla, y caminó con rumbo a la escuela. En el trayecto se encontró a Pablito, quien saltaba evitando los charcos de lodo. Detrás del niño venía Vicenta. La tejedora traía dos bolsas de yute con mercancía.

—Hola, Vicenta, hola, Pablito —saludó la profesora. La aludida, al contrario del niño, sólo contestó con un gesto.

—Pablito —le dijo la artesana a su hijo—. Adelántate a casa de Nabor. No llego hasta mañana.

—¿Va a ir a San Mateo? —preguntó Estela.

—Ajá —la mujer se aseguró de qué el niño estuviera lo suficientemente lejos. Después, tomó a la profesora por el brazo con brusquedad.

—¿Qué pasa, Vicenta? Me lastima.

—Oiga. Sé que le gustan los hombres. Pero que no le gusten los ajenos. Por lo menos, no el mío. Si sigue de cuzca, me va a conocer.

—¿Qué le pasa? ¿De qué habla?

—Yo nomás le digo. La vi de huilota allá en San Mateo. Si sigue rondando a mi hombre, la voy a desplumar —concluyó la artesana, para después tomar sus cosas e irse con pasos rápidos y furiosos.

VIII

JACINTO LLEVABA CASI una hora acicalándose.

Se peinaba mirándose en el espejo roto que le había dejado su madre antes de morir. Lo hacía con lentitud, tomando el peine con delicadeza, trazando pacientemente la raya en medio, cuidando que cada cabello quedara en su lugar. El hombre sabía que en una hora, o probablemente menos, el sudor y la humedad le harían repetir la operación.

Una vez con el cabello peinado, tomó del tocador un poco de talco y se lo aplicó en todo el torso. Su cuerpo era grácil, tan fino como sus movimientos. El acicalado, desde muy chico, había pulido sus ademanes para hacerlos suaves, que no intimidaran, que causaran ternura o simpatía, según su deseo. Pensó en el pueblo, en la gente entre la cual había nacido, y se alegró de ser tan diferente. *Puro mugroso apestoso, puro indio lleno de tierra y bañado en sudor, pero eso sí, muy macho,* mascullaba.

Se sonrió cuando pensó en su madre, "mira nomás, pareces muñequito", le hubiera dicho con seguridad. Desde pequeño, ella lo había arreglado con esmero, cuidando que en aquel niño de madre sola se vieran rastros del padre hacendado. Las burlas fueron dolorosas para Jacinto. "Míralo nomás, tan limpiecito, con la ropa tan blanca", murmuraba la gente a sus espaldas. "Y mira cómo habla, con mucha propiedad, con suavidad, como si el pico lo tuviera de oro". Creció, y la gente dudó de su hombría, pues no creía que alguien tan arreglado pudiera ser un hombre entero. La gente siguió murmurando, hasta que llegó la guerrilla a la región y el gobierno buscó cómo combatirla. El acicalado juntó a varios jovencitos, de esos que regresan de la ciudad alcohólicos o adictos, y fue con las autoridades a exponerles su idea. Pronto Jacinto obtuvo armas, caballos, municiones e impunidad. "Ellos son los Chinicuiles de Jacinto Alvarado", murmuraba la gente, ahora con miedo. Ya nadie se atrevía a gritarle insultos en la plaza principal, ya nadie le arrojaba terrones de lodo a la camisa. Sabían que Jacinto miraba de reojo, y tenía el oído fino, y que bastaba que él los acusara de subversivos para que el gobierno los encarcelara. Peor aun, podían llegar los Chinicuiles para desaparecerlos en la sierra.

El gobierno es generoso con sus fieles, y pronto Jacinto se hizo de dinero. Puso varias covachas en San Mateo, que servían lo mismo de cantinas que de prostíbulos. Los soldados del cuartel se hicieron asiduos a dejar sus sueldos ahí, y el acicalado pronto fue hombre pudiente. Ahora deseaba la presidencia municipal y, más tarde, tal vez una diputación o la gubernatura. Jacinto siempre recordó a su madre y sus lecciones. "Hijito, sabes que eres más, pero mucho más que estos pelados, que estos indios patarrajada. Acuérdate de esto que te digo, que es cierto. Me lo dijo tu abuela, y a ella la suya: si vas a envenenar a alguien, mezcla la ponzoña con miel; si vas a acuchillar a alguien, esconde la navaja en un ramo de flores".

Jacinto deseaba las tierras del cerro de la Pelona porque eran fértiles, porque quien las controlara sería el dueño de la región. *Los narcos ya dijeron que no les importa quién les venda, siempre y cuando estén seguros*, pensaba mientras se vestía el pantalón, cuidadosamente planchado, con las pinzas bien trazadas. El único problema era el viejo Nabor. *Pero ya pronto se resolverá*, sonrió Jacinto.

La mujer se levantó del lecho, abrazó a Jacinto por detrás y le depositó un beso en la espalda. El hombre se separó de ella.

—Por favor, Vicenta. Apenas me bañé.

—Disculpa —dijo la artesana, vestida solamente por un huipil bordado. Veía el rostro del acicalado a través del espejo—. ¿Y qué pasó con lo que me dijiste? ¿Sí hablaste con la Cámara de Comercio? ¿Sí nos van a dejar ir a Oaxaca a vender los tejidos?

—Hablé con ellos. Dicen que tal vez el próximo año. ¿Me pasas la camisa?

Vicenta tomó la prenda, perfectamente blanca, y la colocó en los hombros de Jacinto.

—Pero me dijiste que podía ser para este año.

—Sí, Vicenta, pero no es mi decisión.

—Por favor...

Jacinto se abotonó la camisa y se la fajó. Se miró al espejo. Quedó conforme, casi contento.

—Tal vez después de la fiesta de Ixcuintla pueda hablar con ellos. Pero necesito tu ayuda.

La mujer, sentada en la cama, tomó su falda. Sintió una aprensión en el estómago.

—¿Qué necesitas?

Jacinto sonrió. Fue hacia la mujer y apoyó su mano en la barbilla de Vicenta.

—No mucho. Sólo qué Yóllotl no esté en Ixcuintla durante el baile.

Desde temprano, a Estela la despertó el estruendo de los cohetes. Cada quince minutos dos jovencitos tomaban uno, lo prendían y se alejaban. Al principio era el silbido, como si el cohete avisara, como si se quejara, y después salía volando, para irse a morir al cielo entre una mortaja de colores.

También los músicos comenzaron temprano a tocar con sus instrumentos abollados. La profesora, quien había pasado la noche en vela, intentó dormir sin conseguirlo. Después de un rato de dar vueltas en la hamaca, prefirió tomar sus jícaras de agua y bañarse. Salió de la escuela con un vestido azul de flores.

Primero fue la procesión. Estela observó desde el quiosco cómo un grupo de ancianas vestidas de negro seguía a un Cristo sangrante. La profesora sintió un escalofrío cuando observó los ojos de la estatua. *De estos Cristos tenía mi madre, y siempre me dieron miedo*, pensó. Los músicos venían después, tocando una melodía que Estela consideró demasiado alegre para la expresión del redentor. Al frente de la procesión, resoplaba el padre Trinidad con su sotana de fiesta, blanca y bordada de oro. Iba cantando, a veces en latín, otras en español, y la gente, tal vez por maliciosa, le contestaba en náhuatl. "Esta gente sigue con sus idolatrías, maestra. Espero me pueda ayudar a introducirlos en el Evangelio", le había dicho alguna vez el sacerdote. Ella sólo asintió, riéndose para sus adentros. Ni se percató de cuándo Gertrudis se puso a su lado.

—Maestra, ¿no entra a misa?

—No soy creyente.

—Está bien. Tampoco es creyente de otras cosas. ¿Verdad?

Estela trató de no mostrar su incomodidad.

—No creo en brujerías ni en curaciones, doña Gertrudis. Disculpe.

—Lo malo es que funcionan, aunque usted no crea en ellas.

—Bueno, bueno —se escuchó la voz alegre de don Nabor—. ¿Cómo están las muchachas más bonitas del pueblo?

—Ándale pues, canijo coscolino —le contestó Gertrudis—. Nomás síguele.

—Viejita, no seas renegona —la profesora olió un poco de mezcal en el aliento del comisario ejidal—. Además, hoy es día de fiesta.

La anciana se percató del sombrero de Nabor.

—Otra vez con tu bendito sombrero, caray —Gertrudis se dirigió a Estela—. Viera usted, profesora. Este viejo necio no quiere dejar esa garra, que tiene desde hace hartos años. Siempre que se lo quiero tirar, ahí va a recogerlo de la basura el muy terco.

—Es que éste me gusta, viejita.

—Y ni aunque te compré uno nuevo para hoy, te lo cambias.

—Oh, Gertrudis de mi vida. Ya habrá oportunidad —el anciano tomó los brazos de ambas mujeres, uno en cada brazo—. Ahora verá, Estelita. Nada más que acabe lo de la misa y demás circos, va a comenzar lo bueno. Después viene la danza de los tecuanes, y en la noche, el baile.

—Oye, viejo —la anciana se dirigió a don Nabor—. ¿Y ya le dijiste los cuidados que debe tener en el baile de la noche?

—Al ratito, al ratito —dijo el comisario ejidal, llevándose a ambas mujeres a la plaza—. Ahorita quiero que todo el pueblo me envidie, nomás de verme del brazo de este par de mujeronas.

En la tarde, una vez terminado el oficio religioso, el padre Trinidad se enclaustró en su parroquia. "Ora sí comienza la fiesta, bonita", le dijo Nabor. "Viene la danza de los tecuanes".

La plaza de Ixcuintla estaba llena. En medio, junto al quiosco, se había improvisado algo parecido a un *ring* de boxeo. Estela se encontraba en las primeras filas, junto al comisario ejidal y a Gertrudis. La profesora escuchaba cómo la gente a sus espaldas cruzaba apuestas.

—¿Qué es? ¿Una pelea de gallos? Le preguntó Estela a Nabor.

—No. Es la danza de los tecuanes. Mal llamada *danza*, porque debiera ser "trompiza".

De la comisaría ejidal salieron varios hombres disfrazados de ocelotes. Estela se percató de que los trajes que vestían eran en algunas partes de tela amarilla, y en otras, de piel auténtica de felino. Los danzantes comenzaron a caminar por entre la muchedumbre, y ésta les cedió el paso en medio de un silencio respetuoso, casi ritual. Pasaron junto a Estela, y la profesora pudo escuchar sus respiraciones agitadas y oler el sudor bajo las vestimentas. Se maravilló de las máscaras que portaban, de palo fierro, pintadas y labradas con maestría. La profesora sintió miedo de que, si alguno se quitara la máscara, descubriera un auténtico rostro de jaguar.

—Mire nada más las manos, bonita —la profesora se percató de los guantes de los danzantes, de donde salía una especie de garra con tres uñas, hecha de acero—. De esas armas hacen en el monte, por donde vive el doctor Yóllotl.

—Pero son de verdad. Se pueden herir, don Nabor.

—Sí, pero nomás tantito.

Se escuchó el redoble de un tambor que a Estela le sonó africano. Comenzó a tocar una flauta un compás alegre, que contrastaba con las fúnebres percusiones. Dos de los danzantes se metieron al *ring*, y sin mediar presentación alguna, comenzaron a moverse y saltar. Al principio danzaban, pues pasaban uno al lado del otro sin tocarse, girando en el aire. Después, el sonido de la flauta se aceleró y ambos danzantes se embistieron. Los dos abrieron los brazos y se comenzaron a tirar golpes con las navajas. *Madre mía, se están dando en serio*, se asustó Estela. El más alto se agachó y tiró una patada a su contrincante. Éste saltó y dio un giro en el aire, para posarse en uno de los postes que delimitaban el área de combate. Saltó de nueva cuenta y fue recibido por un zarpazo del más alto, el cual le rasgó el traje a la altura de los riñones. Una gota de sangre cayó en la mejilla de Estela.

—Se van a matar, Nabor —casi grita la profesora.

—No se matan, nomás se atarantan, bonita.

El combatiente herido hizo contacto con la tierra, dio una voltereta y cayó de pie, de espaldas al otro. Giró rápidamente y, esquivando las navajas enemigas, le dejó ir todo su peso sobre el estómago. A pesar de su espanto, Estela no dejaba de maravillarse de la agilidad de los danzantes. *Parecen en verdad jaguares,* pensaba mientras se debatía entre cerrar los ojos o seguir admirándolos. El combatiente más alto, con el golpe, quedó sofocado, lo cual fue aprovechado por el otro para darle un zarpazo en el rostro. Se escuchó el sonido del metal rasgando la madera, y tres marcas aparecieron en la máscara del peleador. Este soltó un gruñido, saltó con furia sobre el otro y lo tiró. El combatiente más pequeño quedó en el suelo, con las rodillas de su oponente en el pecho. Éste levantó su mano, dispuesto a dar el zarpazo final, cuando el otro, con un movimiento de las piernas levantó a su contrincante y lo tiró al lado de él, boca abajo. El caído se quejó, quiso ponerse de pie, pero al momento de incorporarse, el otro apoyó las garras de la mano derecha en su cuello. Fuera del área de combate un hombre de blanco, con una faja roja, marcó el fin de la pelea. Los músicos callaron y sólo se escuchó, por algunos largos segundos, la respiración embravecida de ambos combatientes. El vencedor, el de menor estatura, ayudó a ponerse en pie al otro, y ambos se abrazaron. La multitud estalló en aplausos y felicitaciones.

—Esto es una salvajada —comentó Estela a Nabor.

—Puede no ser muy agradable, bonita, pero son nuestras costumbres. Con estas danzas llamamos al corazón de la montaña, y a sus hijos, los tecuanes, para que nos compartan su valor y su fuerza.

Uno de los contrincantes, el triunfador, pasó junto a Estela y los ancianos. Se acercó y se quitó la máscara. La profesora reconoció a Eliseo Yóllotl.

—Buenas tardes, Nabor. Disculpa que no haya hablado contigo antes de la danza.

—No te preocupes. Aquí estoy en muy buena compañía.

Eliseo observó de cerca, por primera vez, a Estela. Quiso ignorar el temblor de sus piernas.

—Mucho gusto, profesora —saludó fingiendo tranquilidad.

—¿Así que usted es Eliseo Yóllotl? Todo un personaje singular.

—¿Por qué lo dice?

—Por varias cosas, incluyendo lo que acabo de ver. Usted pudo haberlo matado ¿Sabe?

—Profesora —el doctor sintió que un puño invisible le apretaba el corazón—. Sé lo que hago.

—Espero que tenga razón.

Eliseo apenas si pudo ocultar su enojo. Estela lo observó de cerca, entonces. Se fijó en sus ojos, color aguamarina, que cuando se enfurecía se enturbiaban. Hasta ese momento no había notado el mechón blanco que le corría en la cabellera como un río de plata.

—Profesora. De haberlo querido matar, lo habría matado —contestó Eliseo, casi con un gruñido. Nabor lo notó.

—Bueno, doctor —el comisario ejidal tomó al médico de un codo—. Creo que lo conveniente es hablar a solas. Acompáñame a la oficina ejidal.

Una vez que se quedaron solas, ambas mujeres salieron del gentío. Estela se sentía alterada. Después del golpe de adrenalina que le había ocasionado la pelea, no soportó la idea de estar entre la multitud.

—Me voy a la escuela, Gertrudis —le comentó a la anciana—. Regreso en la noche.

—No trate así al doctor.

—¿Perdón?

—Ya me oyó —contestó la señora, dándole la espalda.

A Estela le extrañó que alguien tocara a la puerta.

Qué raro, masculló, *creí que todos estaban en la fiesta.* Ella se había quedado en la escuela, molesta por el regaño de doña Gertrudis. Había intentado leer, pero no lo consiguió. Seguía alterada por el espectáculo de los tecuanes. Hacía mucho que no se sentía así, tan alerta, tan despierta, con la sangre golpeándole tan fuerte las sienes. *Es como si el maldito tambor se me hubiera metido en la cabeza,* pensó. Abrió la puerta encorvándose, casi como un animal al acecho. Una pequeña anciana la observaba desde afuera.

—¿Maestra Estela? —preguntó la mujercita.

—Soy yo.

—Nomás vine a avisarle que la fiesta comenzó y que la están esperando.

Estela vio a la señora. Era muy bajita y parecía pordiosera. La profesora se enterneció al verla temblar de frío, apenas cubierta por un rebozo casi hecho jirones.

—Pase —Estela abrió la puerta. La anciana entró.

—Gracias, mi niña, eres un alma de Dios. ¿No piensas ir al pueblo?

—No —la profesora dio un portazo, del que después se arrepintió. *Pobre viejita, no tiene la culpa de mis corajes.*

—La fiesta se va a poner buena. Además, creo que te van a necesitar.

—¿Por qué lo dice?

—Porque Nabor te aprecia mucho, y esta noche debe tener a todos los que quiere muy cerca —Estela se disponía a preguntarle el porqué, pero la anciana no le dio oportunidad: comenzó a caminar por toda la escuela, recorriendo el aula y después entrando a la pequeña habitación de Estela. A la luz de las velas, el rostro de la anciana se veía más joven, casi como el de una quinceañera. La vieja fue a las valijas de la profesora, parcialmente abiertas.

—Tienes casa bonita, mi niña. Pero ¿por qué no has sacado todas tus cosas de las maletas?

—No me ha dado tiempo...

—...O no estás segura de querer quedarte aquí, ¿verdad? —Estela se asustó un poco de la intuición de la anciana.

—¿Y usted como se llama, señora?

—Me dicen Tita. Seguro has oído hablar de mí —Estela recordó algunos chismes que había escuchado en el pueblo. "La Tita es una bruja negra, una *Tlahuepuchi,* que por las noches se quita las piernas y se convierte en bola de fuego. De las que chupan a los niños y tiran sortilegios de muerte", le había platicado alguien.

—Sí, señora. Algo me han platicado, pero no creo que lo quiera escuchar.

—Lo sé, mi niña. Me creen bruja, pero no es así. Pura calumnia, pura maledicencia. Si ni yo creo en eso.

—La entiendo —Estela sonrió. La anciana le parecía simpática, y le enojaba un poco que la difamaran—. La gente de aquí es buena, pero es bien supersticiosa.

—Sí, algo supersticiosa —asintió la anciana—. Entonces, ¿vas a ir? ¿Qué razón le doy a Nabor?

Estela suspiró resignada.

—Sí. Vamos —la maestra tomó un chal—. Al fin no puedo dormir.

—Una cosa nomás, mi niña —la anciana la tomó del brazo—. Este pueblo tiene algunas costumbres raras. En el baile todos los hombres irán vestidos de blanco, con trajes de yute, y una faja larga que les llega hasta el piso. Esa faja es roja, y está tejida en seda. Los hombres la llevan arrastrando como dos metros por detrás de ellos, como si fuera rabo. Ten mucho cuidado de no pisarlas.

—¿Por qué? —preguntó la maestra, y la anciana sonrió como una niña pícara.

—Por que si pisas alguna, el dueño te mata a machetazos.

Estela sintió el miedo como una araña que le subía la espalda.

—¿Qué...?

—Te dije, algunas costumbres de aquí son raras.

Estela, todavía dudando, salió con la vieja rumbo a la plaza principal. Estaba nerviosa. Caminaba delante de Tita.

—Doña Tita, ¿y usted también va para allá? —no recibió respuesta. Cuando trató de ver hacia atrás, se encontró sola. Únicamente escuchó un aleteo en la copa de los árboles.

—Viejita loca —masculló—. De verdad parece bruja.

La plaza de Ixcuintla estaba llena de gente. Las mujeres vestían blusas y huipiles bordados como los que fabricaba Vicenta, y los hombres portaban la vestimenta que Tita le había descrito a Estela. Al ver las fajas coloradas, la profesora tembló.

—Hola, bonita —la saludó Nabor—. Creímos que no vendría. ¿Por qué esa cara de susto?

Estela le refirió lo dicho por Tita, provocando la risa del comisario ejidal.

—No le haga caso a Tita, es una vieja loca —Nabor tomó su faja y se la puso en el antebrazo, como si fuera un torero—. Y hablando de las fajas, pierda cuidado, Estelita. Ésa es una costumbre de mucho tiempo atrás. Ya no la practicamos, por lo menos aquí en Ixcuintla.

—¿Y a qué se debía la costumbre?

—Bueno, es que antes había muchos más hombres que mujeres en la región, y había que eliminar algunos de ellos para tener esposa. Ahora es al revés, porque son los muchachos los que se van, así que ahora ustedes se van a tener que pelear por nosotros —el anciano le apretó el brazo de manera cariñosa—. Venga para acá, le tenemos un asiento junto al consejo.

El viejo y la profesora caminaron a través de los asistentes cuidando muy bien de no pisar las fajas de los hombres, hasta que llegaron a la mesa. Se encontraban los once ancianos del consejo, quienes la saludaron con una inclinación de cabeza. Eliseo Yóllotl se encontraba a la diestra de Gertrudis. Estela tomó el asiento vacío al lado del doctor.

—¿Cómo está, profesora? —preguntó Gertrudis. Estela no contestó—. Por lo que veo, muda.

—No. Sólo cansada.

—Profesora —dijo Eliseo, después de tomar un trago de bebida—, le ofrezco una disculpa por mi comportamiento de la tarde. No debí contestarle tan groseramente.

—Creo que nos debemos una disculpa ambos. Yo se la acepto si usted me perdona.

—Pierda cuidado —dijo Eliseo, y guardó silencio. Observaba a la gente que recorría la plaza, a los hombres y sus colas de seda y sus machetes grabados a la cintura. Muchos de ellos bailaban al ritmo de la música que tocaba la banda, cuya canción no había cambiado en todo el día. En la fiesta había mucha gente, y la profesora no alcanzó a reconocer muchos de los rostros que paseaban o bailaban. *Han de ser gente de las afueras del pueblo.* Pensó. Estela fingió no ver al doctor. *No es feo. Está panzón, pero no es feo.* Pensó. Sin embargo, la mujer buscaba a alguien más. Se inclinó para hablar con Nabor al oído.

—¿No sabe si va a venir Benítez?

—Lo dudo, bonita. Es rete sacatón, así como lo ve. Quesque les tiene miedo a los tecuanes —el viejo soltó una carcajada. En eso, llegó Pablito corriendo.

—¡Doctor, doctor! Mi mamá se cayó y se lastimó una pierna.

—¿Dónde fue? —preguntó Eliseo—. ¿En tu casa?

—No. Veníamos del cerro de la Pelona y se cayó en un barranquillo cerca del arroyo. Le duele mucho y dice que no se puede mover.

—¿Y qué andaban haciendo por allá?

—Buscando leña.

Eliseo observó al niño. Meditaba. Se rascó la cabeza, haciendo que el río de plata que le corría en el cabello hiciera un remolino.

—En fin. No creo que nos tardemos mucho —el doctor miró al comisario ejidal, quien aprobó con un movimiento de cabeza.

—Llévate a unos muchachos, doctor, nomás por si hay que cargar a la Vicenta.

Yóllotl se despidió y, acompañado de dos jóvenes, se dirigió al monte. El consejo se quedó callado, con una sensación de mala espina. Cerca de media hora después llegaron más camionetas, con más hombres de faja y machete. De una, más alta que las otras, bajó Jacinto Alvarado.

—Esto me huele a podrido, por muy limpiecito que esté —gruñó don Fermín al ver llegar al acicalado a la mesa del consejo—. ¿Qué haces aquí, Alvarado? No eres grato.

—Calma, compadre Fermín —dijo don Nabor. Estela cruzó la mirada con el recién llegado y no pudo evitar sentir miedo—. Es día de fiesta, y todos son bienvenidos. Pásele a la verbena, don Jacinto. Sólo que no me pida discutir lo de las tierras.

—No se preocupe, don Nabor —dijo Alvarado con una sonrisa tiesa—. No vengo a eso. Es más, vengo a decirle que hablé con el juez de Oaxaca, y al parecer el fallo de las tierras será a favor de Ixcuintla. Ya estoy hablando con los ejidatarios de San Mateo y los estoy convenciendo de que no apelen. Creo que el conflicto está por terminar.

Todo el consejo guardó un silencio incrédulo. Fue el comisario quien lo rompió.

—Pues ésas son buenas noticias, don Jacinto. Más bienvenido es usted, entonces. Siéntese y brinde con nosotros.

Jacinto tomó una silla y comenzó a platicar con don Nabor. Estela, escuchándolo disimuladamente, tuvo que admitir que era un excelente conversador. Poco a poco, comenzó a agradar a todo el consejo. Incluso, pasados unos momentos, Fermín reía de las ocurrencias del acicalado. *Ya están borrachos,* dedujo Estela. *Si no, no lo aguantarían.* Pasado un rato, don Nabor tuvo necesidad de ir a orinar. Se paró y caminó hacia la floresta. Iba tan tomado que no vio al hombre que se le cruzó en el camino.

—Me acaba usted de pisar —gritó al tiempo que señalaba una huella de tierra en su faja.

—¿Yo? —contestó Nabor, jocoso—. Si yo ni fui. Estaré borracho, mas no tarugo. Ándele, sígase divirtiendo —el viejo quiso caminar, pero el otro lo atajó. El comisario, con la pesadez de la borrachera, le estudió el rostro.

—Oiga. A usted no lo reconozco —dijo el anciano, estudiándole el rostro, recién rasurado, y los ojos que le parecieron sanguinarios—. ¿De dónde viene?

Como respuesta, el hombre atravesó al viejo con su machete. Había desenfundado tan rápido el arma, que cuando el consejo se dio cuenta, el comisario ya tenía la mitad de la hoja saliéndole por la espalda. Nabor apenas pudo balbucear antes de que una regurgitación de sangre le llenara la boca. Cayó de rodillas. La fiesta se paró y se comenzaron a escuchar murmullos y gritos de indignación. Varios jóvenes, furiosos, quisieron capturar al atacante, pero éste tomó su faja y les enseñó la huella, disuadiéndolos. Estela corrió hasta el anciano, seguida por Gertrudis y la China, y se colocó de rodillas junto a él. Recargó la cabeza de Nabor en su regazo y observó la herida.

—Aguante, Nabor. No es grave —mintió Estela con la voz quebrada—. Se va a poner bien. Va a sanar —el comisario ejidal sonrió sin abrir la boca para no enseñar los dientes ensangrentados.

—Ay, Estelita —acercó su nariz al cabello de la mujer y aspiró—. Qué bonito le huele el pelo, como a flores del monte...—. Gertrudis se encontraba al lado, tomó la mano del comisario ejidal. Sintió que poco a poco se le escapaba el calor.

IX

ESTELA LLEVABA UN LARGO TIEMPO observando el ataúd de Nabor.

Lo habían matado la noche anterior. Estela llevaba casi dos días sin dormir, y hacía muchas horas que había dejado de sentirse somnolienta. Ahora estaba sumergida en una duermevela espesa, lechosa, en la cual escuchaba los murmullos de la gente muy lejanos. La luz de los cirios le daba a la casa de Gertrudis un ambiente irreal, como de fotografía antigua. Olía al copal que se quemaba en las esquinas de la casa y a los nardos que algún acomedido había traído y que había puesto cerca del féretro, improvisando unos floreros con envases de refresco. A pesar de la mezcolanza de aromas, Estela no se sentía mareada. Seguía sin creerlo, y sin llorar. Tenía la tristeza hecha nudo en el estómago. Esperaba que el anciano se levantara de un momento a otro, riera a carcajadas y anunciara que todo era broma, que un simple machete no podía con él.

Pero no. Poco a poco se convenció de que todo lo vivido era real, de que Nabor no volvería a echarle piropos ni a usar su viejo sombrero. Recordó todo lo que había pasado después del asesinato. El anciano yacía en sus brazos, y antes de que alguien de Ixcuintla pudiera reaccionar, el agresor había escapado. Ni siquiera se escuchó la *pickup* alejarse. Buscaron a Eliseo y éste llegó media hora después, con Vicenta y los dos jóvenes que lo habían acompañado. Llevaron a la mujer a su casa.

—¿Qué fue lo que pasó?

—Nabor le pisó la faja a alguien en la fiesta —le contestó Gertrudis.

—Eso no lo creo —contestó el doctor, tratando, con manos temblorosas, de encontrar el pulso del comisario ejidal—. El viejo tenía mucha agilidad y muy buena vista. No creo posible que le haya pisado nada a nadie por muy borracho que estuviera. ¿Dónde está el hombre que lo atacó?

—Se fue.

—¿Cómo que se fue? ¿Alguien lo conocía? —nadie respondió.

—Puede que Jacinto Alvarado lo haya visto. Él estaba cerca —dijo Estela, sosteniendo aún la cabeza del viejo. Eliseo sintió que le prendían una caldera dentro.

—¿Jacinto Alvarado estaba aquí? ¿Cómo fue que lo dejaron? Ahora entiendo...

—¿Qué es lo que entiende? —preguntó don Fermín, quien estaba justo detrás de Estela.

—Nada. Sólo pensaba en voz alta —todos callaron, el pueblo entero. Eliseo Yóllotl dejó de intentar resucitar a Nabor, se quitó la camisa y se la colocó sobre el rostro.

—¿Y Jacinto Alvarado? —preguntó el doctor con la voz deshilachada.

—Se fue poco antes de que usted llegara, doctor —alguien le dijo.

Estela comenzó a escuchar explosiones en el cielo. Los cohetes que se habían apartado para la fiesta del pueblo ahora eran utilizados para el velorio de don Nabor. Le sonaban distintos, como si lloraran a la hora de tronar en el cielo. Llegaron los músicos desafinados, muy bien vestidos a pesar del tufo a mezcal, y se colocaron en el patio. Después de armar sus instrumentos llenos de abolladuras comenzaron a tocar las mismas canciones del día anterior, sólo que a un ritmo más lento. Fermín se le acercó a Estela y le susurró.

—Los cohetes son para quebrarle las tinieblas a Nabor, y que no se pierda. Y la música es para que el diablo crea que hay festejo, porque si estamos todos tristes, se va a dar cuenta de que es velorio y va a querer venir por el alma del difunto. Ayúdeme, profesora. No vaya a llorar, y así confundimos a *patas de catre*.

La profesora asintió con lentitud. Estaba sentada junto a Gertrudis, quien conservaba una expresión serena, casi resignada. La que de vez en cuando sollozaba era la China, envuelta en un rebozo, apoyada en Estela. Llegaron algunas ancianas del pueblo, enlutadas, pálidas, y se colocaron alrededor del ataúd. Todos los presentes se pararon a excepción de Estela y las dolientes. Las recién llegadas chasquearon sus bocas desdentadas, y la que parecía la más vieja comenzó a rezar. "Padre nuestro que estás en los cielos...", "Santa María, llena eres de gracia...". Estela sintió que la voz de las ancianas no salía de sus bocas, sino de sus úteros, o más aun, del suelo mismo. El rezo casi se podía tocar, la profesora casi lo podía ver esparciéndose en la casa como vapor. Murmuró las partes que se sabía del rosario casi en trance mientras seguía recordando.

Algunas horas después del deceso, Estela se dirigió sola a San Mateo. Yóllotl había tomado rumbo al monte, y Gertrudis y la China se habían quedado a preparar al finado. Llegó a las nueve de la mañana, cuando el frío ya se había levantado y el sol comenzaba a pintar las sombras de los árboles en el suelo. Ella traía el vestido azul de la noche anterior, con rastros de sangre todavía. En cuanto abrieron los juzgados, ella fue y denunció el asesinato de Nabor Escutia, comisario ejidal de Ixcuintla de Galeana. La atendió un licenciado de bigote espeso e indiferencia aun más espesa que no dejó de preparar café mientras escuchaba a la profesora.

—¿Entonces me dice que los hechos ocurrieron durante la fiesta de Ixcuintla? —dijo el hombre en medio de un bostezo.

—Sí.

—Entonces no podemos hacer nada, señorita —a Estela le aturdía el sonido de una máquina de escribir a sus espaldas—. Verá. Si el homicidio hubiera sido en otras circunstancias, podríamos levantar un acta y hacer una indagatoria, pero por las características del mismo, tiene que ser juzgado y perseguido por las autoridades locales de la localidad.

—¿Por qué?

—Porque cae en el rubro de "usos y costumbres". La autoridad judicial federal no puede hacer nada.

Salió del juzgado con la rabia amargándole la boca. Caminó por la plaza principal y se sentó en una banca. Se sentía cansada, a punto de llorar. De vez en cuando, veía a los ancianos que caminaban por el zócalo, sólo para darse cuenta de que ninguno era Nabor Escutia. *Ninguno es él*, sollozaba. *El viejo está en su casa. Lo están preparando para su entierro.*

Recordó entonces a Benítez. Se dirigió al cuartel militar, que estaba fuera de San Mateo. El capitán la recibió en una oficina improvisada.

—Estelita —dijo muy suavemente Salvador Benítez mientras ayudaba a sentarse a la profesora—. Sé lo que pasó. Lo siento de veras.

—Quiero pedirte ayuda —Estela habló en un tono de voz que el capitán no conocía, y que lo estremeció—. Oriéntame. Según el ministerio público de aquí, no se puede hacer nada para castigar al asesino. ¿Hay otra manera de hacerlo?

—¿A qué te refieres?

—¿Hay otras instancias o juzgados donde se pueda llevar el caso?

—Sí, Estela, pero por desgracia todas te dirían lo mismo. Nadie quiere meterse en la zona de Ixcuintla.

Estela miraba fijamente los ojos del capitán. Su expresión era dura.

—¿Y por qué le tienen tanto miedo a meterse allá? —preguntó Estela. Benítez tomó una cajetilla de cigarros de la bolsa de su casaca. Encendió uno. La profesora hizo un gesto de asco.

—¿Podrías apagarlo, Salvador? Hace unos días que tengo el olfato muy delicado —el militar obedeció.

—Estela —continuó el capitán—. Por si no te has dado cuenta, estás sentada en tambos de gasolina. Ixcuintla es peligroso, y a cada rato hay muertes de este tipo. Ningún policía o juez tiene el valor de investigar allá. Nadie quiere patear un avispero.

—Entonces, ¿qué se puede hacer, Salvador?

—Arreglarlo a la antigüita —el militar tomó la mano de la profesora, y observó a su alrededor, cuidando de que no hubiera nadie cerca—. Matar al asesino al ojo por ojo. Así se arreglan las cosas allá en la sierra. ¿De dónde es el asesino?

—No lo sé —Estela se sorprendió de que el comentario del militar no la hubiera escandalizado—. En la trifulca que se armó después de que matara a Nabor, se nos desapareció.

—Hum —Benítez tamborileó los dedos en la mesa—, eso es extraño. Mira, como miembro del ejército no puedo hacer nada, y mira que me gustaría. Sin embargo, si te enteras de quién fue, a ciencia cierta, puedo ayudarte a que no quede impune... Sabes a lo que me refiero.

Estela esbozó un intento de sonrisa.

—Gracias, Salvador —murmuró—. Necesito tu ayuda en otro asunto —el militar le tomó la mano por encima de la mesa.

—Lo que quieras.

—Es acerca de la nieta de Nabor... y de uno de tus hombres.

La mañana siguiente al velorio, la tierra amaneció húmeda.

Nadie sintió que hubiera llovido, nadie escuchó los goterones que acostumbran caer en los pueblos como Ixcuintla. Sin embargo, la hierba se sentía empapada, las calles estaban llenas de lodo y una bruma de agua aparecía de vez en cuando por las calles. Estela se había quedado dormida. La despertó una sacudida en el hombro.

—Profesora —le susurró Fermín, quien llevaba un jarro con canela en la mano—. Es hora de irnos al panteón.

El cortejo avanzó por las calles encharcadas, con el féretro a la cabeza, y los dolientes lo seguían. La orquesta seguía tocando mientras marchaba junto al pueblo. Todo Ixcuintla estaba ahí. Estela, al ir saliendo de la modorra, comenzó a ver rostros que no conocía. La mayoría eran hombres de piel muy morena y ojos rasgados que, más que al frente del rostro, parecían estar a los lados de la cabeza. Eran más bajos de estatura que la mayoría de la gente en el poblado, pero parecían ser más altos porque caminaban erguidos, casi arrogantes. Tres de ellos llevaban la caja, junto con Eliseo Yóllotl.

—¿Quiénes son ellos? —preguntó Estela a don Fermín.

—Les llamamos *la gente serrana*, profesora. Son también del municipio de Ixcuintla, pero la mayoría vive en el monte, alrededor del cerro de la Pelona, por donde Eliseo tiene su clínica. Aunque Nabor vivió desde muy chico en el pueblo, nació allá. Ésta también era su gente, y también lo vienen a despedir. La mayoría sólo habla náhuatl.

Estela vio la polvareda de un vehículo a lo lejos, y reconoció el motor de un jeep militar. El capitán Salvador Benítez alcanzó al cortejo. Llevaba traje de gala e iba escoltado por dos de sus hombres. Cuando quiso tomar el brazo de la profesora, ésta, con suavidad, lo rechazó.

—Estelita —dijo Salvador mientras se quitaba la gorra y la colocaba bajo su brazo—, disculpa por no llegar antes.

—No hay problema.

—Te tengo noticias. Ya hablé con el cabo Fernández... Así se llama el que se enredó con la nieta de Nabor. Le dije que el ejército le iba a dar la mitad de su sueldo a la madre de su hijo, así que por lo menos doña Gertrudis y la China no se quedarán sin ayuda. Dice el cabo que, si quieren, también se casa con ella.

—¿Y amolarle la vida a la China, juntándola con un baquetón? No, gracias.

—Bueno. La pensión la tienen asegurada.

—Gracias, Salvador —el militar quiso abrazar a la profesora por la cintura, pero ella se le resistió—. Por favor. No me siento bien. No ahorita.

Llegaron al cementerio, que se encontraba a las afueras de Ixcuintla. Como todos los panteones, estaba tan lleno de vegetación que el cortejo tuvo que adivinar donde estaban las tumbas, escondidas en la hierba, para no pisarlas. Los árboles más grandes y frondosos del pueblo crecían ahí, por lo que, más que camposanto, parecía ya un pedazo de selva. La fosa se encontraba al final del terreno. Estela observó que los sepultureros todavía cavaban.

—¿Le digo algo, profesora? —le susurró don Fermín—. En Ixcuintla tenemos la creencia de que la tierra sabe. Cuando una persona muere, y ya era su hora, la tierra deja que le caven la fosa, y casi casi se abre sola. Pero cuando todavía no le tocaba al difunto, cuando hay que hacer justicia por esa muerte, cuesta mucho trabajo escarbar el agujero, pues uno se lo encuentra lleno de piedras y raíces. Es la manera de la tierra de decirnos que hay una cuenta pendiente con el finado.

—¿Y la fosa de Nabor costó trabajo? —preguntó la maestra. Fermín le enseñó las manos embadurnadas de sangre seca.

—Llevamos escarbando desde ayer.

El padre Trinidad ofició un servicio rápido, casi con fastidio, que fue ignorado por la mayoría de los asistentes. Después, el féretro fue colocado encima de la fosa, montado en dos viejos maderos. Antes de ser bajado al sepulcro, doña Gertrudis se adelantó, abrió la caja y colocó dentro de ella el sombrero de Nabor.

—Ahí está tu garra, viejo necio —dijo la anciana con la voz llorosa.

Después, cuando descendía el féretro, Gertrudis comenzó a cantar en náhuatl. A Estela no le sonó fúnebre, sino más bien una canción de cuna. Las demás mujeres también entonaron la melodía. La profesora sintió cómo los tonos de la canción se le metieron en el pecho y le desenredaban la bola de llanto que tenía atorada. Lloró cómo nunca, recargándose del pecho del militar, quien le mesaba el cabello con suavidad. Estela sólo escuchó el sonido de las paletadas de tierra golpear la madera. Fermín era uno de los que cubría la tumba. Lo hacía de manera delicada, como si cobijara a un niño pequeño que se queja del frío. Se escuchó un rugido entre los árboles. Estela, entre lágrimas, observó una silueta en la vegetación. Le pareció una forma animal, como un felino grande.

—Ándale pues, Nabor. Ya vete —susurró Fermín—. Ya eres quien fuiste siempre, ya dejaste tu máscara. Ya vete al monte, de donde eras. Sabes que habrá quien cuide a la gente. Sabes que aquí estamos. Vete en paz.

Estela creyó ver a la figura asentir para después saltar entre la floresta rumbo a la selva.

X

LOS SIGUIENTES DÍAS, Estela sentía el corazón enlutado.

También sabía que no era sólo ella. Desde el asesinato de Nabor, la gente de Ixcuintla caminaba más lento, con pies más arrastrados, con la mirada más seca. Incluso sus alumnos ya no reían igual. Sus risas sonaban como carrizos golpeándose entre sí. La China de vez en cuando lloraba sin darse cuenta, y sólo se percataba de ello cuando, al tocar su cara, la hallaba empapada de lágrimas.

Ese día, después de clase, la profesora fue con la muchacha hacia la comisaría ejidal. El interino, don Fermín, le había pedido que ocupara el asiento vacío. "Nomás para no ver el hueco, que de repente entristece", le había comentado el anciano.

La profesora sabía que no era sólo por ello. El consejo quería escuchar su opinión. De vez en cuando, Gertrudis le pedía que hablara. En las primeras ocasiones la profesora no contestó, pues sentía que las palabras se resbalaban al subir por su garganta. El consejo se había reunido casi a diario desde el sepelio de Nabor. Esta vez Estela percibió a todos los ancianos pensativos, casi fúnebres, con los ojos de un conejo que ve en el suelo la sombra del coyote.

—Esta reunión requiere toda nuestra atención —habló don Fermín, de pie, sosteniéndose con los brazos apoyados en la mesa. A Estela le pareció que crecía con cada respiración—. Hoy, en la tumba de Nabor, nos dejaron un regalito —señaló una corona de muerto, de gran tamaño, con flores amarillas y blancas. En el listón púrpura que la rodeaba se leía "Unión de Ejidatarios de San Mateo Teotongo, Óaxaca". A Estela le repugnó el olor de las flores, como si percibiera la podredumbre tras el perfume.

—¿Y a qué hora la encontraron? —preguntó Gertrudis.

—Al amanecer. La encontró el cuidador y nos dio aviso. Junto con la corona, mejor dicho, amarrado de ella, encontramos un bulto con papeles —enseñó un portafolio pequeño, de plástico negro, todavía húmedo por el rocío de la mañana—. En él, encontramos los papeles de le cesión de derechos y una carta de Jacinto Alvarado.

—¿Y qué nos manda decir? —preguntó Gertrudis, endureciendo el rostro.

—Permitan que se la lea: "Estimado consejo de Ixcuintla de Galeana, Guerrero. Por este medio hago llegarles mis condolencias por el desafortunado falleci-miento de Nabor Escutia, gran amigo de San Mateo Teotongo. Les quiero reiterar que no fue intención mía ofenderlos al retirarme el día del lamentable hecho. Des-pués de la agresión, mis hombres y yo vimos al crimi-nal escapar, y lo tratamos de capturar siguiéndolo por la selva, sin éxito. Espero que este doloroso hecho no quede impune, y saben que cuentan con todo nuestro apoyo para que la justicia sea aplicada hasta sus últimas consecuencias"...

—Ha de creer que somos tontos —masculló Gertru-dis con rabia. Álvaro continuó:

—"...De igual manera, por este conducto les hago llegar otra noticia por demás desagradable. Finalmente, el juez federal del juzgado VII de la ciudad de Oaxaca, ha fallado a favor de San Mateo Teotongo en el litigio del uso de las tierras aledañas al cerro de la Pelona. Ha puesto como fecha límite para la cesión de derechos el día último del mes corriente. De la manera más atenta, les pido firmar las actas correspondientes antes de dicha fecha. Queda de ustedes: Jacinto Alvarado Cué".

El consejo entero suspiró con aprehensión. Algunos de los hombres sacaron sus paliacates y se enjuagaron el sudor. Estela se dio cuenta de que lo hacían más por cubrirse el rostro, que porque lo tuvieran húmedo. Una de las ancianas sacó un rosario de abajo del rebozo y lo comenzó a pasar entre sus dedos. Lo hacía con tanta fuerza, que la maestra temió que se le fuera a desgranar en las manos. Fermín dejó la carta sobre la mesa, tomó la corona y la arrojó sobre la pared. Sudaba.

—¡Ese hijo de la chingada...! —gritó Fermín.

—¿Cómo fue que el juez falló contra Ixcuintla? —le preguntó Estela a Gertrudis.

—Porque le dio dinero, Estela. Según tenemos conocimiento.

—Tenemos que cedérselas, no hay de otra... —comentó uno de los ancianos.

—...No podemos hacer otra cosa —dijo la vieja del rosario—. Mire nomás la corona. Mírela nomás. Son amenazas. Amenazas fuertes.

—¿Amenazas? —preguntó Estela.

—Sí —dijo Fermín, con voz sofocada. Se llevó la mano al pecho—. La corona no era para Nabor. Las flores blancas y amarillas se usan en los arreglos funerarios cuando el muerto es un niño, o una mujer.

—Fermín, creo que debemos hablar con Eliseo —murmuró Gertrudis—. Ahora sí que necesitamos de él. Sí necesitamos de las gentes de la sierra.

—¿Y en qué nos va a ayudar el medicucho ese? —Estela dio un manotazo en la mesa—. En nada. ¿Hizo él algo cuando mataron a don Nabor?

—Estaba atendiendo a una accidentada.

—Lo mejor será hacer lo que dijo don Fermín en un principio: conseguir armas para defendernos.

El consejo entero guardó silencio. Algunos miembros asintieron con la cabeza, meditando.

—No podemos hacer eso, Estelita —dijo el viejo Fermín—. No puedo hacer eso.

—¿Y por qué? —contestó ella, asombrada—. Si usted defendía esa idea, usted la propuso.

—No puedo faltarle el respeto así a Nabor —contestó el comisario interino, al tiempo que se sentaba en la cabecera de la mesa. A Estela le pareció que el hombre se había quebrado por dentro—. Le prometí que no lo haría. Usted estuvo aquí. Él dijo "Nada de armas", y yo acepté. No puedo desdecirme así nomás.

—Pero Nabor ya no está —replicó la profesora—. Y estaba mal. Tal vez si le hubiéramos hecho caso a usted, a Nabor no lo habrían asesinado.

—Estas cosas pasan por algo —murmuró Gertrudis—. Aunque no nos gusten.

—Además, ¿qué puede hacer Eliseo Yóllotl por nosotros? ¿Qué poderes o fuerzas tiene? ¿Por qué todos hablan de él como si fuera el mismo diablo?

—Por hechos que usted no creería si se los platicáramos, Estelita —contestó Fermín, cansado. A la maestra le pareció que el viejo se iba a desmoronar de un momento a otro—. Creo que es el tiempo de hablar con él, Gertrudis. ¿Me haría el favor de buscarlo?

—Sí. Hoy por la tarde estoy saliendo —contestó la anciana.

—Usted también vaya, por favor —le pidió el viejo a Estela.

—¿Para qué? —preguntó la profesora.

—Porque usted necesita ver.

XI

EL CAMINO AL CERRO DE LA PELONA era una brecha angosta, trazada con terquedad en las entrañas del monte. De Ixcuintla a la clínica se hacía hora y media caminando, y a la profesora ya le dolían los pies. Llevaba los brazos llenos de rasguños de las ramas, tantos, que ya no los sentía. La anciana Gertrudis iba al frente de ella, a un paso inverosímil para su robustez y su edad. Estela sentía que los árboles extendían sus ramas a propósito, como si quisieran advertir al caminante que no siguiera. Se adivinaban los sonidos de la selva, los aullidos, los rugidos, el cantar de pájaros vestidos de arco iris. De vez en cuando, el silbar de una lengua bífida o algún cascabel hacían que la profesora juntara los pies y viera al suelo horrorizada. La tarde ya era vieja, y pronto la oscuridad haría intransitable el camino.

—Apúrese, hay que llegar antes de la noche —le repetía, de vez en cuando, una Gertrudis sudorosa.

Llegó un momento en que la floresta se hizo menos alta, y ambas mujeres comenzaron a ver el cerro de la Pelona cada vez más cerca. *Sí es cierto*, pensó Estela, *parece un cráneo*. El cerro era una formación casi redonda de piedra caliza que poco a poco, conforme ganaba altura, iba perdiendo vegetación. Llegaba un momento en que sólo era una protuberancia lisa que brillaba a la luz del sol como un hueso pulido. "Cuentan que ahí en la punta se sienta a veces la muerte a descansar, bonita", le había platicado el viejo Nabor alguna vez, "y que se ve como una sombra grande y flaca que sobresale del cerro. Dicen que hay que tener cuidado en las noches, pues si la muerte lo ve a uno desde allá arriba, se le puede antojar tener compañía para platicar".

Ambas mujeres llegaron a un río que, sin ser muy ancho, era bastante caudaloso. Siguieron el margen escuchando cómo el agua golpeaba con furia las piedras, como si quisiera sacarlas. *El Arroyo Viejo,* lo reconoció Estela. Al poco rato de caminar, alcanzaron un claro a las faldas del cerro. Una construcción grande, pero sencilla, se encontraba casi a la orilla del caudal. Eliseo Yóllotl, sin camisa, sudoroso, extendía unas hojas de palma para secarlas.

—Buena tarde tenga, Eliseo —saludó Gertrudis—. Queremos hablar de muy urgente manera.

El hombre sonrió con discreción al verlas. Tomó una camisa que colgaba de un tronco y se la puso. Se acercó y les extendió la mano a ambas. Estela no le contestó el gesto.

—Ando muy sudada —se excusó la profesora—, disculpe.

—En fin —atinó a decir el doctor, resignado—. Pasen a la clínica, por favor. Estaremos más cómodos dentro.

Estela se percató de que había algunas mujeres en el río, el torso desnudo, lavando sobre piedras. Se extrañó de que hubiera gente ahí.

—Es la gente serrana, profesora —le contestó Yóllotl. Vive en medio del monte. No tema. Son pacíficos.

Sin embargo, a la profesora le perturbaban aquellas mujeres tan singulares, que con naturalidad se paseaban casi desnudas frente a Eliseo. Había algo en lo penetrante de sus ojos, en lo velludo de su piel, en lo abundante de su cabellera, que a Estela le parecía fuera de lugar. Los niños de las serranas jugaban desnudos en el río, zambulléndose y nadando con una facilidad que a Estela le pareció casi felina. Otros correteaban en las orillas, emitiendo sonidos guturales. Algunas veces andaban en dos pies y algunas veces avanzaban a cuatro patas. Entraron a la clínica y Eliseo les señaló las sillas que estaban alrededor de una mesa rústica. Se sentaron. Eliseo se excusó y fue al cuarto contiguo. La profesora pronto olfateó una multitud de aromas que le resultaron conocidos. *Ruda, albahaca, ajenjo, zempaxóchitl, manzanilla, gordolobo...* La clínica estaba llena de estantes, con frascos llenos de hojas, raíces, ramas o pastas. Algunos otros recipientes, en cambio, estaban etiquetados y contenían píldoras, inyecciones, pomadas, de las cuales la profesora reconoció algunas. En medio del recinto, había dos planchas de concreto. La más grande tendría el tamaño de un hombre normal. La más chica soportaba una bandeja llena de instrumentos de cirugía envueltos en plástico y cubiertos con una gasa limpia. Eliseo Yóllotl, con camisa limpia, regresó con dos jarros humeantes.

—Les traje un poco de té de naranjo —dijo al tiempo que los colocaba en la mesa. Gertrudis tomó el suyo y le dio un trago. Estela no siguió su ejemplo.

—Tenemos que informarle de algo, Eliseo —dijo Gertrudis después de dejar su bebida—. Hoy en la mañana llegó un adorno de muerto de parte de Jacinto Alvarado. Sabemos que es una amenaza, que Jacinto quiere las tierras del cerro, pésele a quien le pese. Junto con la corona dejó los papeles del litigio. Los quiere firmados para fin de mes—. La anciana le extendió los papeles al doctor, quien les dio una ojeada en silencio.

—Entonces el juez finalmente se corrompió —murmuró Eliseo, torciendo la boca.

—¿Qué? —preguntó la profesora—. ¿Cómo lo sabe con tal seguridad?

—Porque yo seguía el litigio de cerca. Tengo amigos en Oaxaca que me mantenían informado —levantó los ojos y los clavó en los de Estela. La mujer sintió una navaja recorriendo su espinazo—. No soy tan inútil como usted cree.

—Mire, Eliseo —continuó Gertrudis—. Creo que Jacinto Alvarado puede llegar a atacar Ixcuintla. He venido a pedir su ayuda, la suya y la de la gente serrana.

Yóllotl suavizó sus facciones. Tomó la regordeta mano de la anciana y la apretó.

—Saben que no los dejaremos solos.

—¿La gente serrana? —interrogó Estela—. ¿Y que tienen que ver ellos en todo esto? —Eliseo la ignoró. Se puso de pie y caminó hacia la ventana.

—Ya es de noche —dijo el doctor sin verlas—. Quédense a dormir aquí. Saben que el monte es peligroso de cuando en cuando. Hay dos hamacas colgadas atrás, junto a la mía —Eliseo se volvió, sonrió y sus dientes parecieron brillar—. Yo tengo que salir. Se quedan en su casa.

El doctor salió y se perdió entre la oscuridad. Estela se levantó y fue a la ventana para intentar ver adónde iba, sin lograrlo. Estaba agitada. *¿Qué le pasa a ese doctor?*, pensó. *Por un momento le vi los ojos, las pupilas. Se le veían alargadas...*

Durante la noche, Estela se revolvía en la hamaca.

No podía dormir. Pensó en un principio que eran los mosquitos, pero, al ver a la ventana, se dio cuenta de que los enjambres de insectos merodeaban fuera de la casa, pero que no entraban. Los olores de las hierbas se le metían por la nariz y los poros de la piel, y parecían amontonarse neciamente en su estómago. Sentía náuseas. También, de vez en cuando, veía la hamaca donde descansaba Eliseo, vacía. *¿Dónde andará el medicucho este?* Estela se preguntaba. Tanto ruido hacía, que la anciana Gertrudis se despertó.

—¿Qué tanto se menea, profesora? Pareciera que trae hormigas en la cola.

—Perdone, Gertrudis. No puedo dormir. Estas hierbas no me dejan...

—¿Por qué? ¿Le hablan?

—No es eso. Es que estos aromas nunca me han gustado. Verá. Tengo el olfato como de perro, muy agudo, desde niña, y muchos olores pueden llegar a perturbar.

—No es nada más eso —le contestó la anciana, ya totalmente despierta, mirándola fijamente desde la red de la hamaca—. He notado que le tiene mala voluntad a Eliseo. También me la tuvo en un principio, después de que se dio cuenta de que también le sé a las hierbas y los embrujos.

—Pero yo no creo en ello.

—No es eso —la vieja se balanceó—. Algo trae usted. Quisiera que me lo platique, o encontraré otras maneras de tener noticia.

—En serio, no es nada —contestó la maestra, perturbada.

—Dígamelo. Le va a servir.

—Pues, no creo que sea nada. Nada importante, por lo menos —Estela se encogió en la hamaca, sentándose en ella—. Cuando era chica, mi madre era muy asidua a estas cosas de la herbolaria y demás. Recuerdo que me llevaba todos los sábados, a mí y a mi hermana, al mercado de Sonora, en la Ciudad de México, y que siempre me dio miedo, o asco, no sé. Me acuerdo de todos los olores, de los ojos de los santos que ahí vendían, de los amuletos de terciopelo rojo, de las mujeres de negro que extendían sus manos para leerte las cartas, o el tarot, o qué sé yo. También me acuerdo de las Santas Muertes, que me daban pavor —Estela soltó una risita, como de niña, pero con un tono de amargura—. Todavía me veo de chiquilla saliendo de ahí, limpiándome los brazos y el cabello, lavándomelos en cuanto encontraba un poco de agua. Sentía que los olores se me iban a quedar. ¿Sabe? Y tenía miedo de oler por siempre a hierba mora o a pachulli. Es por eso, nada más.

—¿Y a qué iba su mamá a ese mercado? ¿Le sabía a las hierbas?

—No, qué va —contestó la profesora—. Iba a visitar a algunas de las brujas de ahí. Siempre quería que le hicieran hechizos. ¡Mi madre, tan tonta! ¿Cuánto dinero no le habrán sacado esas charlatanas?

—¿Y para qué quería esas brujerías su mamá?

—No lo sé —farfulló Estela.

—Sí lo sabe. Nomás que no me quiere decir.

—En verdad. No recuerdo. Mi mamá era muy supersticiosa.

—Le duele acordarse ¿verdad? —la anciana se movió de tal manera dentro de la hamaca que a la maestra le pareció de repente una enorme araña. Esperó, por un momento, que le salieran patas del estómago y le saltara encima.

—No. No me quiero acordar.

—Dígamelo. Se sentirá más livianita.

Estela se levantó de la hamaca, nerviosa. Fue hacia uno de los estantes donde había visto una cajetilla de cigarros sin filtro. Tomó uno y lo encendió.

—No sabía que fumara, profesora —le comentó Gertrudis.

—Nada más cuando me interrogan —contestó con sequedad.

—Entonces, ¿me va a decir o no? Al fin y al cabo, usted es quien lo trae atorado.

—Verá, Gertrudis —la profesora exhaló el humo con fuerza, como si quisiera formar una lanza con él— mi padre fue un hombre muy inconstante. De vez en cuando iba a la casa, de vez en cuando era cariñoso, de vez en cuando besaba a mi madre. Todo de vez en cuando. Había ocasiones en que llegaba borracho, cantando rancheras, embadurnado de lápiz labial. Montaba a mi madre delante de mí y de mi hermana, y luego se iba por un mes. Después me enteré, ya siendo adolescente, que era porque mi casa era la chica, y que tenía otra más grande, con más familia. La estúpida de mi madre iba todos los fines de semana con aquellos charlatanes para hechizarlo, para amarrarlo, para que sólo la quisiera a ella y dejara a la otra. ¡La idiota de mi madre! Tan crédula, tan llena de fe con esas brujas que no paraban de chuparle el dinero para darle amuletos, hierbitas y demás porquerías —la profesora tiró la colilla del cigarrillo y la pisó con furia. Le temblaba la voz—. De vez en cuando mi padre era cariñoso, pero de vez en cuando no. En ocasiones, las veces que se peleaba con su otra mujer, llegaba con mi madre y la abofeteaba, la golpeaba, y después la poseía como si estuviera rabioso. Y la pendeja de mi madre que no lo dejaba, que seguía con sus chingaderitas de la brujería, del tenmeaquí, de las gotitas de toloache que a él no le hacían ni cosquillas... Es por eso que me dan asco esos olores, Gertrudis. Es por eso que no comprendo por qué la gente es tan imbécil al grado de creer en charlatanerías. Es por eso...

Estela no pudo seguir. Se sentó en la tierra y comenzó a sollozar. Estela sentía el llanto a punto de brotarle, pero lo retenía dentro de sí apretando los dientes. *No voy a llorar por ese cabrón de mi padre*, pensaba una y otra vez. Al final, el llanto la venció. Después de un rato, cuando la sintió más calmada, Gertrudis se levantó, la tomó con cariño y la acostó en la hamaca.

—Su padre era doctor, ¿verdad? —le preguntó la anciana, cariñosa.

—Sí. ¿Cómo adivinó?

—Pues nomás por bruja que es uno, Estelita —Gertrudis regresó a su hamaca. Cuando se recostó, los clavos que sostenían la red rechinaron—. Verá. Mucha gente cree que con las brujerías, los trabajitos y demás se le va a arreglar la vida. Esa gente es bien mensa, pues hay cosas que uno tiene que arreglar por sí mismo. Su mamá estaba mal, pero eso no quiere decir que ciertas cosas no existan —la anciana se acomodó en la hamaca. Comenzó a hablar con esa voz espesa, mezclada con bostezos—. Existen. Y usted las verá.

XII

EL SONIDO DE UNA RAMA quebrándose despertó a Estela.
Había dormido extrañamente bien. Después de la
plática con Gertrudis, la había envuelto un sueño casi
medicinal. Se despertó alerta, escuchando los ruidos del
monte, el correr del arroyo. Olfateó y reconoció el olor
de la leña quemándose. Fue hacia la ventana y observó
la madrugada nebulosa, casi hecha de jirones de fantas-
mas, que circundaba el cerro de la Pelona. Distinguió
una figura bañándose en el río.

Sin despertar a la anciana, fue hacia aquel hombre.
Se escondió detrás de un árbol, cuidándose de que la
viera. Se percató de que era Eliseo Yóllotl quien salió
del agua y se vistió con una camisa de manta y un pantalón de mezclilla. *Mira nada más,* pensaba Estela, sin
darse cuenta de que sonreía, *pues si el medicucho no
está tan dado a la fregada.* La profesora también se percató de que el doctor se enfundaba al cinto un machete,
se colocaba sus anteojos y se ponía un sombrero de
paja tejida. A Estela le agradaron los movimientos del
hombre, delicados, sin dejar de ser varoniles. Lo siguió
cuando Yóllotl se adentró en la floresta.

Caminó con sigilo tras él por espacio de un cuarto de
hora, hasta que llegaron a un claro en donde convergían

dos senderos. Yóllotl se acercó a un encino, encendió un cigarro y esperó. Estela se ocultó entre unos matorrales, sin perder detalle.

Poco después, por uno de los senderos, llegó media docena de campesinos que la profesora reconoció. Eran de Ixcuintla, algunos incluso eran padres de sus alumnos. Dos de los recién llegados llevaban bultos que parecían ligeros, por lo despreocupado del paso de sus portadores. Desde su posición, Estela podía escuchar con claridad lo dicho por los hombres. Éstos se saludaron, se sentaron junto a Eliseo y aguardaron.

Poco después, se escucharon unos motores de ruido insolente que se acercaban. Eran de dos camionetas grandes de color escarlata y llantas deportivas, que arribaban por la otra brecha. Los hombres que bajaron de ellas llevaban lentes oscuros, botas de pieles exóticas y cantidades notables de oro en sus esclavas y medallones. A Estela le pareció que sus camisas de seda, de colores chillantes, subrayaban lo siniestro y reservado de sus rostros.

—Buenas, doctor Yóllotl —saludó uno, más viejo que los demás, que parecía ser el patriarca—. Aquí estamos, y a la hora convenida.

—Buenos días, Amezcua. Aquí estamos nosotros.

—Como todos los meses, doctor —rio el viejo patriarca. Lo saludó de mano e hizo un gesto a los campesinos.

—¿Cómo está, Yóllotl? —saludó otro de los hombres de las camionetas. Más joven que Amezcua, pero con sus mismas facciones. Incluso el mismo corte en el bigote—. ¿Sigue corriendo en el monte como animal, o qué?

—Hola, Amezcuita —agregó Yóllotl, y comprobó que el interlocutor se molestó visiblemente al escuchar el diminutivo—. ¿Cómo le va?

—Hijo, por favor —agregó el hombre mayor—, compórtate y no preguntes esas pendejadas —dicho esto, se dirigió al médico—. Doctor, como cada mes, lo convenido. ¿Tiene usted la mercancía?

—Sí —asintió Yóllotl—. Aquí están las muestras.

Los dos campesinos que llevaban los bultos de yute se adelantaron y los abrieron. Amezcua sacó de ellos algunas hojas en forma de estrella, con brazos dentados, que Estela reconoció a primera vista.

—¿Fue lo de siempre, doctor? —preguntó Amezcua— ¿Los cincuenta kilos?

—Más aun —contestó Yóllotl—. Se cultivaron setenta y nueve. Si los quiere todos, el precio es el mismo.

—¿Y para qué tanto dinero, Yóllotl? —increpó Amezcua chico, golpeando la tierra con sus botas de piel de mantarraya—. ¿Para qué quieren tanto dinero sus paisanitos, si ni saben para lo que sirve?

—Porque ellos lo trabajaron, Amezcuita, por eso.

El traficante apretó la mandíbula.

—No me diga "Amezcuita", si no quiere que se lo cargue la chingada, Yóllotl.

—¡Ya estuvo bueno! Compórtate —dijo Amezcua.

—No, papá. Esta vez no. ¿Por qué les tenemos que pagar ese precio a estos pinches indios patarrajada? Págales la mitad, no más.

—Se les pagará lo convenido —le gritó el patriarca.

Se acercó a su hijo y alzó la mano, con la intención de

darle una bofetada. Finalmente se contuvo—. Así son los tratos con hombres, y yo tengo palabra, cabrón.

El traficante viejo se quitó la tejana, dejando al descubierto su cabello canoso.

—Disculpe usted a mi hijo, doctor. Es joven y todavía piensa con los huevos.

Dos de los hombres de Amezcua llegaron con ellos, portando cada cual una maleta de cuero negro. Las abrieron. Eliseo dio un vistazo a los dólares que contenían.

—¿No los cuenta? —le preguntó Amezcua.

—Confío en su palabra —le contestó el doctor. El patriarca asintió, complacido—. Los bultos con los setenta y nueve kilogramos están donde siempre. Ahí hay uno de nosotros. No tiene por qué desconfiar, Amezcua.

—Ahí los recogeremos, doctor —agregó el patriarca, se colocó su tejana y se despidió. Pronto las camionetas con sus ocupantes habían desaparecido por la brecha, como tragadas por la selva.

Estela, furiosa y confundida, regresó a la clínica intentando no ser vista.

En la puerta, sentada en el tronco para cortar leña, la esperaba Gertrudis envuelta en su rebozo. Bostezaba.

—Pues, ¿dónde andaba, maestra? —le preguntó la anciana.

—Por ahí —le contestó Estela, con voz casi imperceptible.

Poco después de ella, llegó Eliseo Yóllotl. Llevaba un par de conejos muertos al hombro. Les sonrió a las mujeres.

—Señoras, ¿no se quedan a almorzar? Estos los cacé ayer por la noche.

Por toda respuesta, el doctor recibió un escupitajo.

—Pinche narco de mierda —le gritó Estela. Se volvió para ver a la anciana—. ¿Usted sabía, Gertrudis?

La anciana, estupefacta, no contestó. El doctor, tranquilo, se limpió el rostro con su paliacate.

—Así que me anduvo siguiendo, maestra.

—Sí, y no me imaginaba lo que veía —la profesora resoplaba con furia, con el rostro enrojecido, la mirada que cortaba de tan filosa y puntiaguda—. Lo voy a denunciar, Yóllotl. Va a parar en la cárcel junto con sus amiguitos.

—Óigame —Eliseo la tomó del brazo, con brusquedad—, no me importa lo que haga conmigo, pero piense en los campesinos.

—¿Cuáles? ¿A los que usted explota, cabrón?

—Yo no los exploto. El dinero que reciben, se lo doy íntegro.

—¡Sí! ¡Cómo no! —Estela se zafó de Eliseo con violencia—. Será hermanita de la caridad.

La profesora caminó con rumbo a Ixcuintla. Iba tan rápido, que ahora era Gertrudis quien resoplaba tras ella.

XIII

VICENTA ENHEBRABA COMO SI LO hiciera con hilos de acero.

Se encontraba de hinojos, frente a su tejedora. Alrededor de ella había multitud de carretas con hilos de colores, de los cuales se desprendía una hebra que terminaba en la máquina. Vicenta manipulaba con habilidad el mecanismo, moviendo con fuerza el bastidor de un lado a otro, haciendo que las hebras se trenzaran entre sí, y tensándolas después. Poco a poco, aquellos carretes irían adelgazando hasta morir en la tejedora. Ella entonces tendría un lienzo hermoso, que plasmaría una cacatúa, un caballo o un colibrí que parecería a punto de emprender el vuelo.

La tejedora tenía heridas en los dedos, consecuencia de las agujas. Por lo general, a pesar de su maestría, se pinchaba un par de veces durante el trabajo. Sin embargo, ahora tenía las yemas escurriendo sangre, tanta, que los hilos del tejido se comenzaban a manchar. Vicenta tejía con fuerza, con furia, como si quisiera quebrar el bastidor con cada movimiento. Como todos los habitantes de Ixcuintla, la artesana era dueña de una belleza rara, pues la mezcla de sangres le había regalado ojos azulados y piel como de aceituna. Sin embargo, a pesar de que tenía la edad de la profesora Estela, parecía diez años mayor. Su piel parecía erosionada, y su rostro se había marchitado por la falta de sonrisa. Tenía los ojos resecos, pues en las ocasiones cuando estaba a punto de llorar, retenía a propósito las lágrimas detrás de la nariz, frunciéndola.

Fuera de su casa, Pablito jugaba en la tierra con otros niños. Ella lo había recriminado varias veces por hacerlo, alegando que se podía enfermar de algo. *La verdad, no me gustan esos chamacos, no me gusta que conviva con ellos. Son ladinos, son traicioneros,* pensaba en realidad. Sin embargo, esta vez estaba demasiado abstraída como para levantarse y meterlo a la casa de la oreja, tal como lo había hecho en otras ocasiones.

Se había casado muy joven, más por salirse de la casa paterna que por real sentimiento. Huía de un padre que olía a mezcal día y noche y que de vez en cuando pasaba la mano por los senos de Vicenta cuando la encontraba dormida. Su marido, Juvenal, la recibió gustoso en su corazón y en su hogar. Él era campesino. Tenía parcelas de maíz a las que hacía crecer con frijol. Por un tiempo las cosechas alcanzaron para vivir. Sin embargo, poco a poco, se fueron acabando los créditos, los acaparadores fueron más voraces y avaros, y las autoridades más sordas. "Es que deben modernizarse —les dijo un día un delegado agrario—, deben comprar maquinaria, deben usar fertilizantes y echar pesticidas para competir con los americanos". Juvenal se rio en su cara. Regresó a la casa, tomó algunas ropas y las hizo un bulto, y le dio un beso a Vicenta.

—Aquí no sacaré para lo que necesitamos, vieja —le dijo a Vicenta mientras le acariciaba el cabello—. Me voy al otro lado. Ahí nomás un tiempo. Para cuando tenga el dinero, me tendrás de regreso.

El hombre se fue a la cuna de madera cruda y besó a su hijo. Cuando lo vio salir por la puerta, Vicenta sintió que le había sacado la matriz y la llevaba en su bulto.

La artesana recibía desde aquel entonces un giro semanal, con una carta de Juvenal, cada vez más corta e impersonal. Extrañaba la compañía, más que extrañarlo a él, y un día aceptó la invitación de un hombre limpio y acicalado de San Mateo Teotongo. Juvenal, su marido, era un amante rústico, que hacía el amor como si sembrara la tierra. Jacinto era muy distinto, suave, pero indiferente. Terminaba en un gemido que parecía bostezo a los pocos minutos de comenzar, e inmediatamente iba a tomar una ducha. A pesar de ello, a Vicenta le gustaba el aseo de Jacinto, y lo contrastaba con el Juvenal ausente, siempre sudoroso y cubierto de lodo. Por eso no se negó el día que Jacinto le pidió accidentarse para sacar a Eliseo Yóllotl de Ixcuintla. "Es sólo para dialogar con Nabor y darle solución al problema de las tierras a la brevedad", le había dicho el acicalado. "Por favor. Sabes que luego el doctor Yóllotl asesora a Nabor, y lo aconseja erróneamente. Sólo quiero tener una entrevista en privado con Nabor, sin tener al médico cerca".

Ella le creyó. Fue con su hijo a recoger leña durante la fiesta del pueblo. Al ver un pequeño barranco, se tiró. No creyó encontrarlo lleno de rocas. Gritó al golpearse la pierna con una piedra filosa, creyendo que se le había roto. *Y ahora, ¿cómo voy a tejer?* Pensaba. Pablito, su hijo, corrió a Ixcuintla a petición de ella. Cuando el niño regresó, el doctor Yóllotl y dos muchachos iban con él.

—¿Cómo fue que se cayó aquí, Vicenta? —le preguntó Eliseo una vez que había bajado al barranquillo. El hombre se colocó a su lado, acomodándose entre dos rocas, y le palpó la pierna. Se alegró de no encontrar fractura.

—Andaba acarreando leña, doctor —le contestó la tejedora—. Pisé mal y me caí para abajo.

—Pues qué raro. Por esta zona del monte casi no hay árboles —comentó el doctor mientras le vendaba el muslo. La mujer le evitó los ojos—. Puras piedras y tierra. Por fortuna, Vicenta, no se lastimó de gravedad. Con unos días de reposo volverá a sentirse igual que siempre.

Los jóvenes la llevaron cargando todo el camino hasta Ixcuintla. Al llegar, pensaba encontrar la algarabía de la fiesta. Nunca esperó toparse con las caras sombrías, los ojos desbordados, el silencio que sofocaba de tan pesado. Nunca creyó ver a Nabor Escutia herido en el suelo, apoyado en el regazo de la profesora Estela. Jamás quiso escuchar que no se levantaría más.

La artesana dejó la tejedora. Estiró los brazos y observó sus dedos doloridos.

Afuera, su hijo seguía jugando. Lo escuchaba reír como cuando Nabor Escutia le jugaba bromas. Recordó que el anciano a veces lo paseaba por el pueblo, cargándolo de caballito, y el niño reía como si fuera a reventarle el estómago. También se acordó de los primeros días de la ausencia de Juvenal, cuando la milpa se terminó, cuando pensó en irse a San Mateo Teotongo a trabajar en lo que fuera. Nabor se enteró de su situación. Fue a la tesorería y de los fondos ejidales sacó unos pesos. Se los llevó a la tejedora. "Nomás en lo que hallas qué hacer, Vicenta", le había dicho el anciano. "Búscate algo para mantenerte. En vía de mientras, ten estos centavos. Sabes que no te dejaremos sola".

Y sí, nunca la había dejado sola. Siempre la había ayudado. A veces cuidando a Pablito cuando ella se ausentaba. A veces pagándole los pasajes hacia San Mateo, y siempre con la calidez con que la trataba. *Y mira cómo le pagué,* murmuró Vicenta, sintiendo la boca amarga, *ayudando a que lo mataran.*

Estela no había salido de la escuela desde aquella tarde.

Estaba confundida, sentada en la mecedora vieja que el anterior maestro había dejado. De vez en vez, cuando dejaba de contar las uniones de los ladrillos, se asomaba por la ventana y veía al pueblo. *Me siento tan estúpida,* pensaba, *tantas cosas raras que había visto, y no descubrí que éste es un vil pueblo de narcos.*

Cerca del anochecer, reconoció una figura que venía del pueblo. Era inconfundible, alta, casi pétrea, como un pedazo de cerro que de repente se decidió a caminar. Cuando llegó don Fermín, la profesora no se levantó de la silla.

—Maestra... —le dijo el anciano con el sombrero apretado en el pecho—. ¿Puedo hablar con usted? Gertrudis me comentó lo que pasó con el doctor Yóllotl.

—Como quiera.

El anciano se sentó en la hamaca de Estela, haciendo que las maderas que la sostenían soltaran un quejido. Estela le vio los ojos, grandes y apenados, como de algún niño que se arrepiente después de hacer alguna travesura.

—Sé lo que vio en el cerro y que la enojó —el anciano dulcificó la voz lo más que pudo—. Dispénsenos. A nombre de Ixcuintla le digo que no queríamos que se sintiera mal. Me imagino que no me va a creer lo que le digo, pero a pesar de todo, no somos mala gente.

—No —contestó Estela, sin verlo—. Sólo siembran marihuana y son amigos de los narcotraficantes. Pero no son mala gente, claro.

—Sé que cosas como éstas son difíciles de entender.

—Al contrario, viejo Fermín —Estela encogió las piernas y las abrazó. Comenzó a mecerse en la silla—. Ahora comprendo muchas cosas, como por ejemplo, por qué los profesores no duran mucho por aquí. También me puedo imaginar el significado de todas esas patrañas de los tecuanes. ¡Sí! ¡Con razón no tienen miedo de las gentes de San Mateo! ¿Cómo van a tener miedo si tienen a los narcos para cuidarlos?

El anciano suspiró. Agachó la cabeza y se columpió con suavidad en la hamaca.

—¿Se va a ir, Estelita? —le preguntó, casi murmurando.

—No lo sé. Creo que sí.

—Si quiere irse, no la detendremos. Sólo quiero decirle algo. No sembramos la hierba mala por nuestro gusto...

—¡Claro que no! —Estela alzó la voz y sintió que lanzaba chispas por la boca—. ¡Seguramente los obligan! ¿Verdad?

—...Si por nosotros fuera, sembraríamos maíz o frijol, pero ¿sabe a cómo nos los pagan? A una madre, menos de lo que nos cuesta trabajarlos. Si no nos hemos muerto de hambre en Ixcuintla, es precisamente porque un día decidimos quitar la milpa y sembrar la hierba.

—¿Sabe, viejo Fermín? —la profesora se puso de pie, caminó hacia la ventana y se apoyó en ella—. Es el mismo argumento que he escuchado en la Ciudad de México. Cuando un raterillo roba o mata a alguien, antes que nada dice: "Es que soy muy pobre y no tuve oportunidades". Es lo mismo en todos lados. Seguro el médico los ha convencido de que es lo mejor. Ya hasta me estaba cayendo bien el desgraciado. ¡Y resulta que es un criminal!

—No es lo mismo, Estelita —Fermín se levantó para hablar de frente con la profesora—. ¿Qué le dice a un campesino cuando sus hijos se están muriendo de hambre? "No siembres esa chingadera porque es contra la ley". No podemos, no podemos. Le puedo asegurar, además, que Eliseo Yóllotl no tuvo nada que ver en nuestra resolución de sembrarla, y que él no se queda con nada de lo que ganamos.

—¿Cómo le puedo creer, viejo Fermín?

—No vengo a que me crea o no, maestra —el anciano se pasó una mano por la cabeza, agitando el escaso cabello que le quedaba—. Vine a decirle que la apreciamos, que la queremos. Nos dolería mucho que se fuera, pero no la vamos a detener si lo hace. Recuerde nomás que no hemos cambiado, que somos los mismos con los que ha tratado desde hace meses. Los mismos con los que usted se sentía tan a gusto.

—No —la profesora habló con tristeza—. La que ha cambiado soy yo.

—Es lo que veo —dijo Fermín, poniéndose el sombrero mientras retiraba el mosquitero para salir de la casa—. Sólo le comento algo con respecto al doctor, profesora.

—¿Qué, ahora va a defender a su patrón? —murmuró Estela. Casi pudo escuchar el crujir de los dientes del viejo.

—No —Fermín hizo una pausa, respiró profundamente un par de veces y continuó—. Le quiero aclarar algo. Los narcos no nos protegen. Si no fuera por Eliseo Yóllotl y los suyos, ya nos habrían venido a matar.

Estela caminaba por el monte a pesar de que ya era de noche.

Hacía dos horas que Fermín se había ido, dejándole un enjambre que le zumbaba en la cabeza. Después de haber tratado de dormir, decidió desafiar aquella selva tan temida por todos. *A ver si no me encuentro algunos tecuanes de diente de oro y cuerno de chivo*, mascullaba.

Aquélla era una noche sin luna, y la floresta tenía la oscuridad de una mancha de tinta, por lo que la profesora iba casi a tientas. Como compensando la falta de visibilidad, el monte estaba lleno de sonidos, desde los aullidos de lujuria de los monos, hasta los cantos funerarios de las lechuzas. Silbidos, graznidos, rugidos. Estela no se preocupaba mucho por los ruidos, pues pensaba en la conversación con Fermín. *Me quiero ir de Ixcuintla, pero ¿adónde?*, se preguntaba. *Si no tengo adónde regresar.* Casi deseaba encontrarse con una víbora nauyaca o con un ocelote, para que ellos decidieran mordiéndole la pantorrilla o rasgándole el cuello.

Lo que encontró, al pie de un árbol, fue una pequeña fogata. Una figura menuda, que Estela conocía, calentaba algo en ella.

—Maestra —dijo la anciana Tita, sin verla—. ¿Qué hace por acá a estas horas?

—Caminando, Tita.

—¿No le dan miedo los tecuanes? —la anciana se volvió. Estela pudo ver su rostro aniñado entre los cabellos hirsutos y blancos.

—No me da miedo lo que no existe, Tita.

—Eso es lo que digo yo, mi niña —la vieja extendió su mano, invitando a la profesora a sentarse. Estela de repente se sintió cansada, y aceptó—. Eso de andar creyendo que un hombre puede convertirse en animal son cosas que de veras dan harta risa.

—¿Así que eso es un tecuán? —preguntó Estela—. No lo sabía en realidad. Nunca lo había preguntado.

—Sí, ¿usted cree? Puros cuentos. Puras invenciones —la vieja tomó una hoja grande, como de higuera, y abanicó para avivar el fuego—. Yo que he vivido hartos años en el monte, nunca me he topado con cosa semejante —la anciana señaló una pequeña olla de barro, puesta junto al fuego—. Oiga, mi niña ¿No tiene hambre?

Estela sintió un rugido en el estómago.

—Ahora que lo dice, un poco.

—Pues mire, tengo unos tamalitos que me regaló alguna buena gente. Yo como poco, mi panza esta arrugada como yo, y no le cabe mucho. Le invito unos, si quiere —la anciana destapó la olla y a Estela un aroma apetitoso se le enredó en la nariz. Ella tomó uno.

—¿De qué son? —preguntó después de dar la primera mordida.

—Son de plátano con piloncillo —le contestó la anciana.

Estela comió con buen apetito, dejando con cuidado las hojas al lado del fuego.

—Entonces, doña Tita, ¿duerme usted en el monte?

—Sí, mi niña, por aquí o por allá. A veces encaramada en un árbol, a veces en una cueva que me halle.

Estela la escuchaba algo lejana. Lo atribuyó al cansancio.

—Vaya. Creo que me hacía falta comer —dijo Estela, sintiendo los párpados como de plomo—. De repente me ha dado sueño.

—Eso es bueno. Nomás no se duerma mucho —la profesora escuchó la voz de Tita más aguda—. Tenemos que ver ciertas cosas.

—¿*Tenemos* que...? —dijo Estela con trabajos. Sentía la boca pastosa. Con torpeza, alcanzó los restos de su comida y los analizó. Halló entre la masa y las hojas de plátano unas semillas pequeñas y negras.

—¿Qué me dio, maldita vieja? —murmuró Estela, creyendo que gritaba.

—No se preocupe. Estoy con usted.

—¿Qué me dio?

—Aquí estoy.

—¿Qué...?

—No la voy a dejar sola.

XIV

LOS SONIDOS DEL MONTE eran tan intensos que Estela casi podía tocarlos.

Ahora la floresta no era oscura sino brillante, como si un vaho emanara de cada una de las hojas de las plantas y los árboles. Era como si resplandecieran. La profesora observaba la selva, tan viva, y le parecía escuchar los murmullos de cada árbol. Levantó la vista y encontró el cielo impregnado de estrellas. Más de las que nunca había visto. Algunas se movían, describiendo círculos o espirales. Algunas se perdían en el horizonte o caprichosamente se escondían tras las nubes.

—Veo que te está gustando —le dijo una voz que reconoció. Estela la escuchó casi al oído.

—¿Qué era esa cosa, vieja méndiga? —la profesora giró la cabeza, sin encontrar a nadie.

—Aquí arriba —entre las ramas, Estela se encontró con un ave grande, negra, de cabeza pelona, que le hablaba—. Aquí estoy. Te dije que no te iba a dejar sola.

Extrañamente, la profesora no se asustó ni se inmutó porque un zopilote le hablara. Estaba sumergida en un letargo placentero, de cuerpo y mente, en el cual hubiera podido ver o creer cualquier cosa sin creerla inverosímil.

—¿Dónde estamos? —preguntó la profesora, miró hacia abajo y se encontró desnuda. Por instinto, se cubrió los pechos con los brazos.

—Cálmate, Estela, ni que nunca hubiera visto yo una chichi —le dijo el zopilote graznando como si riera—. Estamos en el monte, donde estábamos. Sólo que lo ves de diferente manera. Ves la esencia.

—¿Doña Tita? —preguntó la profesora, entornando los ojos. Ya había reconocido al ave e hizo la pregunta por cortesía.

—Esa mera.

—¿Qué me diste?

—En los tamales había pequeñas semillitas. No te preocupes, no son venenosas, solo le quitan las máscaras al mundo y le hacen ver a uno la naturaleza real de las cosas. La selva la ves de otra manera, no porque haya cambiado sino porque la estás viendo como realmente *es*. Lo mismo ocurre conmigo.

Estela vio otra vez su cuerpo desnudo. Se descubrió los pechos.

—Entonces, ¿así es como soy yo?

—No, qué va —el zopilote graznó—. Lo que pasa es que eres terca, muchacha. No te dejas ver. Tienes miedo de descubrir quién eres. Vente, vamos a encontrarte.

El ave alzó el vuelo, cuidando de que Estela no la perdiera de vista. La profesora corría detrás de ella. No se cansaba, no se lastimaba. El suelo lo sentía mullido, como una alfombra de musgo. Podía percibir el monte con todo su cuerpo, podía oler los colores de las hojas, conocía el sabor del viento, sentía el latir de cada árbol con que se encontraba. Después de un rato, llegó a la orilla del Arroyo Viejo, donde el zopilote la esperaba encaramada en una roca. Había árboles en las orillas, tan altos, que no se alcanzaba a ver el cielo. La profesora se colocó en cuatro patas y metió la cabeza en la corriente. Era un agua nueva, que nunca había probado. A Estela le pareció más bien que bebía luz que de repente se hubiera vuelto líquida. Más que refrescarla, sentía que la iluminaba por dentro.

—Bueno —le dijo el ave—. Ya que tomaste agüita, tienes que conocerlo.

—¿A quién?

—Bueno. Ya lo conoces. Más bien, tienes que pelearte con él.

Estela sintió de repente mucho miedo.

—¿Pelearme? ¿Está loca? ¿Con quién?

—De quien estás huyendo.

Sin que Estela se diera cuenta, uno de los árboles comenzó a moverse. Extendió una rama y la golpeó por la espalda y la arrojó de bruces al río. Estela se volvió y se encontró con la enorme silueta que se le abalanzaba.

—¡Tita! —gritó la profesora—. ¡No me deje, ayúdame!

—Si por mí fuera, te ayudaba, mi niña, pero no puedo. Es muy grande para mí.

La figura extendió otra rama y golpeó por un costado a la mujer, quien cayó nuevamente al suelo. Sofocada, sintió cómo las ramas del árbol la rodeaban y la levantaban en vilo. Ya en el aire, inmovilizada, pudo ver que no era una rama sino una mano gigante con dedos finos y delicados, como de pianista. Éstos se le enroscaron en el cuerpo y los sintió viscosos, acariciándola. Lo que ella había creído un árbol era un ser monstruoso que se erguía frente a ella, y que tenía el rostro de Víctor Mendoza.

—Estelita, mi amor —dijo el ser, con una voz que parecía el sonido de rocas chocando entre sí—. Te encontré. Ven conmigo.

—¡Ayúdame, Tita! —gritó la mujer, casi sofocada por la mano gigante. Vio al zopilote encaramado en uno de los hombros del coloso.

—No puedo ayudarte porque esta cosa es tuya. Tú la pariste. Vive en tu cabeza. Tú tienes que deshacerte de ella.

—¿Pero cómo? —preguntó la profesora. El ser se le fue acercando cada vez más a la cabeza, en actitud de quererla besar. Se dio cuenta de que la boca del coloso estaba llena de dientes filosos, a punto de desgarrarla.

—Recuerda quién eres en realidad. Y velo como realmente es.

De la boca de la bestia salió una lengua bífida, hedionda, que le pegó a Estela en el rostro, llenándola de una baba espesa y putrefacta. La lengua la recorrió el cuerpo, haciéndose más aguda para alcanzar toda la superficie de su piel.

—Recuerda quién eres o te comerá tu miedo, niña tonta —escuchó la voz del zopilote.

Estela, aterrorizada, llena de asco, se percató de que el ser a veces parecía tener el rostro de Víctor, en ocasiones el del padre ausente; otras, el de los dos. Los dedos se le enroscaban más, estrangulándola, casi cortándole el cuerpo. Algunos de ellos habían alcanzado su entrepierna, sus senos, sus nalgas. El ser la acariciaba complacido, sonriendo como sólo puede hacerlo un monstruo, abriendo el hocico, enseñándole una multitud de lenguas y de dientes como sables. Cada uno de los dedos del coloso tenía una boca en la yema, con la cual la besaba, la mordía, la chupaba, le murmuraba palabras ardientes y cariñosas. La profesora sintió un asco profundo que le surgía de la boca del estómago, que le quemaba las entrañas como lejía. También sintió coraje, un enojo que si hubiera podido gritarlo, habría cimbrado la tierra. Le cosquillearon las encías, le dolieron. Le dolían también los dedos, las falanges. Cuando uno de los dedos del ser le quiso rodear el cuello, Estela lo mordió.

—¡Déjame en paz, hijo de la chingada! —rugió la mujer. El ser la apretó más. Ella le volvió a dar un mordisco, tan rabioso, que le arrancó un pedazo de dedo.

—¡Qué te vayas, cabrón! —Estela logró zafar uno de sus brazos y le dio un zarpazo. En ese momento notó que las uñas le habían crecido. El ser soltó un alarido.

—Ya no te tengo miedo. Ya no te tengo miedo —Estela, frenética, comenzó a morder y a tirar zarpazos al monstruo. Sentía la sangre del ser en su boca, la saboreaba, le gustaba. Entre más tarascadas le daba, entre más zarpazos, el ser se iba empequeñeciendo. La profesora pronto pudo librarse de aquella mano, pronto tuvo al ser a su merced, y lo siguió atacando. El monstruo, ahora aterrorizado, huyó perseguido por Estela, quien sólo pensaba en aniquilarlo, en destrozarlo y dejar sus restos en la selva. La maestra corrió tras él, trepó un árbol, saltó de rama en rama y le cayó encima. Lo siguió atacando hasta que sólo quedaron jirones del ser: astillas, pedazos inconexos, rastros de carbón y ceniza.

—Ya no te temo. Ya no existes. Ya no existes —jadeaba la profesora con la cara en la tierra. La sentía latir, latiendo toda ella. Sentía su cuerpo nuevo, grácil. Se vio los brazos y los halló llenos de manchas, las manos con garras, la boca con colmillos. Escuchó ruidos en la selva y sintió que las orejas se le movían, que se dirigían al origen del sonido. Sabía que era la anciana Tita aun antes que llegara.

—Ahora ya sabes quién eres, Estela Reyes —le susurró el zopilote—. Ya te quitaste la máscara. Ahora corre y disfruta tu casa, disfruta del monte.

Estela asintió, agradecida con la anciana. Corrió. A veces en cuatro patas, a veces en dos. De vez en cuando, se paraba para olisquear un árbol o un nido de tejón. En otras ocasiones trepaba a algún árbol para admirar el cielo, para observar la techumbre de la selva, para oír mejor la voz del monte.

Después de mucho correr, llegó al punto donde el Arroyo Viejo comenzaba a fragmentarse en muchos pequeños riachuelos, hasta que llegaba de frente a una formación rocosa, en donde finalmente desaparecía. Era como si el río embistiera la pared de piedras para morir con bravura. Justamente ahí se encontraba un jaguar. Era negro, con las manchas aun más oscuras, azuladas, que miraba fijamente a Estela. Tenía los ojos del color de la llama, y un mechón blanquecino le cruzaba la frente como un río de plata. Ella creyó reconocerse en él. El felino se acercó a la profesora sin brusquedad mientras ella sentía que se le erizaban los pelos del lomo. El jaguar negro la olfateó, primero del cuello, luego detrás de las orejas, y después comenzó a frotarse con ella.

Estela ronroneaba. Le parecía aquella fiera demasiado cercana, demasiado conocida. El jaguar le comenzó a mordisquear el cuello, luego los hombros, y en un momento dado, la montó. Ella lo sintió dentro y gimió con un rugido, hundió las uñas en la tierra y pegó el pecho al suelo. Sentía el aliento del jaguar detrás de su oreja, su resoplar ligero y acompasado como brisa. Estela lo sintió derramarse, y sintió el espasmo que la incendiaba por dentro. Ambos cayeron. El jaguar negro la abrazaba mientras le murmuraba gruñidos que ella entendía a la perfección, que no le sonaban animales, sino propios.

—Ahora ya eres quien siempre has sido —escuchó la profesora a doña Tita antes que el letargo la venciera.

XV

JACINTO ALVARADO SALUDÓ al traficante cuando éste entró a la cantina.

El lugar le pertenecía. No era sino una bodega a las afueras de San Mateo, aclimatada con una tarima de madera en medio y mesas de plástico con logotipos de cerveza alrededor.

En las paredes, casi pegados a las láminas de asbesto del techo, había tubos de neón de diferentes colores. Esta iluminación le daba al lugar una atmósfera extraña, como si fuera un lugar de paso entre el mundo de los vivos y el de los muertos. Los clientes del lugar eran todos rancheros ensombrerados, de ojos vidriosos, que sostenían una cerveza en la mano o abrazaban a alguna de las ninfetas morenas que adornaban el lugar. Mientras una cumbia retumbaba por los altavoces, una muchacha de pechos apenas insinuados bailaba en el entarimado. Sonreía con nerviosismo, sintiendo cómo la mordían las miradas de los parroquianos. Amezcua chico llegó con dos de sus hombres, ambos con una escuadra calibre 45 a la cintura. En cuanto se sentó a la mesa de Alvarado, una chiquilla en tanga se acomodó en su regazo.

—¿Y ora ésta, pinche Jacinto? ¿Es nueva? —dijo el traficante al tiempo que pasaba la mano por la grupa de la chica. El acicalado sonrió.

—¿Te agrada, Amezcua junior? No tendrá dos días que llegó procedente de Costa Rica. Va en ruta a Estados Unidos. Es nueva en todos los aspectos. Tiene apenas trece años —Jacinto tomó a la muchacha de un brazo, le murmuró algo al oído y ella se puso de pie. Antes de que Amezcua chico pudiera reaccionar, la chica había desaparecido por una puerta tras la barra.

—¿Y ahora, cabrón? —increpó el traficante—. ¿Por qué me la quitas?

—Porque tenemos ciertos asuntos que merecen nuestra atención, y porque hay que tener discreción, Amezcua junior. Si lo deseas, una vez que concluyamos, te la puedes llevar. La casa invita.

—Está bueno —Amezcua chico sonrió débilmente—. ¿Y para qué me mandaste llamar?

—Para cerrar el trato del cerro de la Pelona.

—¿A poco ya te cedieron los derechos?

—No, pero es asunto casi concluido. Después del lamentable deceso de Nabor Escutia, no creo que pongan objeciones, además —el acicalado consultó la hora en su reloj de pulsera—, en este momento, están entregando en Ixcuintla un mensaje de mi parte.

—Pues yo como que lo dudo, la verdad —Amezcua chico tomó una cerveza y le dio un trago. Escupió al piso—. ¡No mames! ¿No tienes alguna cheve que esté fría?

—Ahora ordeno que te la traigan. Entonces, ¿qué dice tu padre al respecto?

—La verdad, ni le he preguntado. No creo que le parezca, pues quién sabe por qué, pero le tiene mucha ley al pinche Yóllotl.

Jacinto asintió, pensativo.

—Bueno. Finalmente tu padre es un hombre mayor. En un año o dos se va a retirar a su rancho, y tú te quedarás al frente de la empresa. Además, tú eres el que tienes los contactos políticos, el que cierra los acuerdos con el ejército. Creo que al final tu padre, como todo hombre de negocios, es pragmático, y aceptará el nuevo trato.

—Pero oye, cabroncito. ¿Seguro que nos vas a vender la tonelada de *doña Juanita* a la mitad de precio que a como la hemos comprado?

—Tienes mi palabra.

Amezcua chico estiró el cuello y aprovechó para dar un vistazo al lugar. Se cercioró de que dos más de sus hombres estuvieran en la puerta, con las ametralladoras listas. Un mesero ya mayor trajo una cerveza en una charola. El traficante tomó el envase y bebió. Asintió feliz.

—¡Vaya! Esto sí es una chela como se debe. ¿Tú no tomas? —le preguntó a Alvarado. Este negó con un gesto casi femenino.

—No. No acostumbro.

—¡Ah, qué mi Jacinto Alvarado tan abstemio! Vas a ser el muerto más sano del panteón.

—Sí —sonrió el acicalado—. Dentro de mucho tiempo… Quería comentarte otra cosa, Amezcua. Las autoridades de Ixcuintla están a punto de firmar la cesión de derechos. Sin embargo, me preocupa que Eliseo Yóllotl se vaya a inmiscuir y lo arruine todo...

El traficante sonrió, dejando brillar sus incisivos de oro.

—Bueno, ¿y por qué no le avientas a tus Chinicuiles? Ellos sabrán cómo desaparecerlo.

—No puedo —Jacinto abrió uno de los botones de su camisa. Sudaba. Tomó un cartón del menú y comenzó a abanicarse—. Verás, es muy probable que el partido me postule el próximo año para una diputación. Si soy afortunado, puedo llegar a ser candidato para la gubernatura del estado. Tengo que esconder un poco a los Chinicuiles para... ya sabes, lavar mi imagen pública.

—¿Y eso? ¿Después de que le ayudaste al gobierno para deshacerse de la guerrilla?

—Pues sí —Alvarado le mostró una sonrisa amarga—. Ya las reglas son otras. Los de derechos humanos hacen mucho ruido y me pueden perjudicar seriamente.

—Bueno, ¿entonces qué quieres? ¿Que mande a mis muchachos a enfriar a Yóllotl y a la gente de la sierra?

—No. Algo más sutil. Necesito sacarlos de la escena, pero sin mucha sangre. Algo incluso que se vea legal.

Amezcua Chico asintió complacido. Dio un trago a su cerveza y después sacó su teléfono celular del pantalón. Empezó a marcar un número.

—Mira nada más —le comentó el traficante mientras terminaba de marcar—. Quién te viera tan abusado, cabroncito. Vas a ser un excelente político: eres todo un hijo de puta —Amezcua se puso el teléfono en la oreja. Esperó hasta que una voz femenina le contestó del otro lado de la línea—. Pásame al pendejo del gobernador.

XVI

ESTELA DESPERTÓ CUANDO SINTIÓ el roce de una hoja en su pezón.

Había dormido junto a un árbol de ramaje bajo, y al soplar la brisa, una de las ramas se había empecinado en acariciar el cuerpo de la profesora. Se tardó un poco en reaccionar. Se dio cuenta de que estaba desnuda y de que se había quedado dormida en la selva. Se percató de que tenía rasguños por todo el cuerpo, pero a pesar de ellos, no estaba lastimada. Se levantó y trató de reconocer en dónde estaba. Olfateó, aguzó el oído y pronto escuchó murmullos y olió leña quemándose. Caminó siguiendo el aroma, cubriéndose el cuerpo con las manos, apenada. Se encontró con unas mujeres lavando en el río, y unos chiquillos jugando alrededor de ellas. La vieron. Una de las serranas tomó un blusón de manta de los que se disponía a lavar, fue hacia ella y se lo extendió. Estela lo tomó y se lo puso.

—Gracias —apenas pudo balbucear. La mujer la observaba con ojos alargados, sagaces. Le dijo algo en su idioma, que Estela no entendió muy bien. *Creo que es náhuatl.* Al ver que no era comprendida, la mujer tomó a la profesora de la mano y la guió por la ribera del arroyo. Conforme caminaban, Estela comenzó a distinguir algunas chozas que se mimetizaban con la selva. Había gente en ellas, más de la que Estela hubiera pensado. *Pensé que por acá estaba deshabitado,* dijo para sí. Fuera de algunas de las casas, había pequeñas fraguas donde los hombres serranos trabajaban. Hacían armas: cuchillos, espadas, machetes. Todos con los mangos de caoba y la hoja finamente labrada. Algunos de los artesanos se dedicaban a hacer cierta daga muy especial, que Estela ya había visto: era como un guante de metal que se ajustaba al antebrazo, y que llegaba a los nudillos del portador, con tres navajas curvas que le sobresalían. *Parece una garra de animal.* Recordó la profesora. *Es como la que llevaban los combatientes en la danza de los tecuanes.*

Llegaron a un claro donde la mujer que la guiaba la soltó y se despidió con un gesto amable. A unos metros se encontraba la clínica-vivienda de Eliseo Yóllotl. Estela dudó un momento antes de entrar. El doctor estaba sentado a una mesa, macerando plantas con un molcajete. Estela sintió la multitud de aromas nuevamente, pero esta vez no la incomodaron.

—Pase, maestra —dijo Yóllotl, sin volverse—. No tenga miedo. La profesora obedeció y tomó asiento en una de las sillas de madera rústica. Lo observó trabajar. No se esperaba la expresión del hombre, dulce, amable. Conforme maceraba las hierbas, Eliseo les murmuraba en náhuatl, les cantaba.

—¿Qué hace? —le preguntó la profesora, observando con atención.

—Preparo medicina para la piel. Un cataplasma. Hay muchas infecciones aquí entre la gente del monte.

Estela se asombró un poco de la sensación que tenía. No se sentía a disgusto. Más bien era como si observara a Yóllotl con otros ojos. Como si supiera algo nuevo de él, algo agradable.

—¿Se siente bien, Estela?

—Sí... sólo que no sé qué hago aquí.

—Usted dígamelo —Yóllotl dejó sus lentes empañados en la mesa y la miró—. Llegó aquí por su propio pie.

—No sé si contarle. Me pasó algo muy extraño. Amanecí dormida en el monte.

—¿Es usted sonámbula?

—No, no... —Estela reaccionó, recordando de repente lo ocurrido la noche anterior—. Creo que me drogaron. La anciana Tita.

—¿Cómo lo sabe? —preguntó Yóllotl. Estela le refirió el encuentro con la vieja, cuidándose muy bien de mencionar lo que pasó después. El doctor sonrió.

—La vieja Tita no es mala persona, aunque le hayan dicho lo contrario —dijo el médico, se levantó y fue a los estantes. Buscó entre los frascos—. De repente es medio canija, nada más —Eliseo tomó uno de los envases, lo llevó con Estela y le mostró el contenido. La profesora reconoció la semilla negra y pequeña.

—¿Esto fue lo que le dio?

—Sí —dijo la mujer, tomando un poco de grano con los dedos, y dejándolo caer de nuevo en el frasco—. Me dio unos tamales que tenían semillas de estas. Las alcancé a ver antes de quedarme dormida.

—Pierda cuidado, entonces. Se llama Semilla de la Virgen. También se le conoce como Ololiuhqui. La usan los curanderos y los brujos negros para sus rituales. No tiene efectos colaterales ni causa adicción.

—Vaya, usted es todo un experto en drogas. En su uso y venta —comentó Estela, arrepintiéndose después.

—Disculpe, profesora, no me gusta la ironía —le comentó Yóllotl, mirándola con fiereza. La mujer buscó desviar la plática.

—¿Quiere decir que la planta Ololiuhqui es alucinógena?

—Depende de lo que usted llame *alucinación* —el doctor volvió a tapar el envase y lo devolvió a la estantería—. ¿Quiere regresar a Ixcuintla? Puedo preguntar entre la gente si hay alguien que vaya para allá, para que la acompañen.

—No. Aún no —Estela se sorprendió de su propia respuesta.

—Bueno, entonces necesita ropa. Permítame un segundo —el doctor fue hacia un baúl de madera laqueada y lo abrió. Estela disfrutó del aroma dulce y silvestre que despedía el mueble. Eliseo observó el contenido y se quedó quieto, meditando. Estela se dio cuenta de que un rastro de dolor se dibujaba en sus facciones.

—¿Qué le pasa, Eliseo? —le preguntó.

—Es... era ropa de mi esposa —le contestó el doctor. La profesora sintió un estilete clavado en el estómago.

—¿Es usted casado, entonces?

—No —murmuró el doctor mientras sacaba un vestido de tirantes y estampado con hojas de varios tonos de verde—. Soy viudo.

Estela recibió el vestido y le pidió a Eliseo que no la observara mientras se vestía. Cuando el doctor se lo vio puesto, se asombró de lo bien que le quedaba.

—Venga —le comentó el hombre, con voz nerviosa—. Vamos a caminar.

Anduvieron por la orilla del arroyo, en donde Yóllotl, cada vez que llegaban a una choza, se acercaba a la gente serrana y hablaba con ellos en su idioma. Estela se percató de que había muchas casas a la orilla, incrustadas en la floresta, perfectamente escondidas de ojos curiosos. También observó que muchos de ellos trabajaban en sus fraguas, y la veían sin desconfianza. Después de caminar un rato, Estela sintió curiosidad.

—No sabía que la gente de Ixcuintla hiciera armas —le comentó a Yóllotl, esperando respuestas.

—Sí. Es algo que casi nadie sabe. Verá, durante la colonia se establecieron fundiciones en la ciudad de Oaxaca, pues sólo ahí la corona había dado el permiso para fabricar armas. Sin embargo, muchos de los trabajadores de las forjas quisieron iniciar sus propios talleres y tuvieron que venir a la sierra para hacerlo. Estos montes eran ideales: hay agua, madera y vetas de hierro casi a flor de tierra. Estos pueblos llevan más de trescientos años fabricándolas.

—Si son armeros, comienzo a entender por qué imponen respeto.

—No es por eso —Eliseo soltó una carcajada—. Éstas son espadas y dagas ornamentales, nada más. No sirven para el combate. Además, Estela, ¿de qué serviría un grupo de gente con espadas y machetes contra un batallón o una gavilla que llevan armas de fuego?

—Entonces, si no es por eso, ¿por qué habrían de temerles tanto?

—Es gente muy brava, muy valiente, que a la hora de un problema sabe pelear como los mejores.

Estela se puso frente a Eliseo para impedir que avanzara. Quiso tocarle el pecho, pero se detuvo.

—¿Ellos son los tecuanes, Eliseo? —preguntó Estela.

—¿...Los qué? —dijo el doctor, evitándole la mirada.

—¿Estos hombres son capaces de transformarse en fieras? Dígamelo.

—Por favor, profesora... —en ese momento, llegó un muchacho serrano, no mayor de doce años. Tomó a Eliseo del hombro y le susurró al oído. Estela observó fijamente sus brazos, inusualmente velludos para alguien de su edad.

—Tengo buenas noticias, profesora. Algunas de las mujeres van a ir a Ixcuintla en mulitas. Dicen que sería un gusto llevarla.

—No me ha contestado, Eliseo.

—Ni tengo que hacerlo, Estela. No es posible lo que me dice. Ningún hombre se puede transformar en ocelote, en coyote o en jaguar.

Estela quedó confundida por un instante.

—¿En jaguar...?

—En ningún animal.

Ambos guardaron silencio hasta que llegaron las mujeres que la acompañarían al pueblo. Iban montadas en dos mulas que la profesora sintió inquietas, como si estuvieran asustadas. Una de las serranas traía una tercera montura, vacía, la cual jalaba de la rienda. Se la ofreció a Estela. Ella se quiso montar, pero la falta de práctica hizo que resbalara un par de veces. Eliseo la tomó con suavidad de la cintura y le ayudó a subirse.

Ya sobre la mula, Estela se inclinó, olfateó el cuello y el cabello de Eliseo. Lo reconoció.

—Mentiroso... —Estela tomó una de las manos de Eliseo y se la llevó a la boca, la olisqueó, mordió suavemente. Estuvo segura. *Mentiroso,* dijo para sí. Sonrió.

—Estela... Hasta pronto —Yóllotl se separó de la maestra y regresó a la clínica.

XVII

CUANDO LA PROFESORA LLEGÓ a Ixcuintla, el aire olía a pólvora y espanto.

Había gente por todos lados, asustada, que observaban las marcas de bala que había en las paredes de las casas. Las contaban, rezaban.

Estela caminó por el poblado para darse cuenta de que todas las viviendas —la iglesia, la comisaría ejidal— habían sido acribilladas. En la plaza principal se juntaban los ixcuintleños, silenciosos, escuchando a los miembros del consejo, los cuales estaban sobre el quiosco. El padre Trinidad también se encontraba ahí, sudoroso, con un pañuelo húmedo en la nuca.

—Es lo que yo les decía, señores —casi gritaba el sacerdote—. Por su necedad nos han puesto en peligro a todos. ¿Ven? —señalaba las cicatrices ocasionadas por los disparos que tenía la fachada de la parroquia—. Estas gentes no respetan nada, ni la casa de Dios. A ver si dejan de ser tan tercos. De una vez por todas firmen esos malditos papeles.

El prelado bajó tambaleándose del quiosco, se abrió paso entre la multitud y llegó a su iglesia. Se encerró en ella de un portazo. Don Fermín, agarrado del pasamanos del quiosco, hablaba a la población.

—No dejen que los agarre el miedo. No se dejen quebrar. Éstas son amenazas huecas, de pájaro nalgón. Ustedes saben que tenemos quien nos proteja. No teman.

La multitud habló al mismo tiempo, llenando el aire de un zumbido parecido al de un enjambre de libélulas. La China llegó por detrás de Estela y la abrazó.

—Ay, maestra. Tengo mucho, mucho miedo.

—¿Qué fue lo que pasó, chiquita? —le contestó la profesora, devolviéndole el abrazo.

—Por la madrugada, antes del amanecer, escuchamos motores que se acercaban al pueblo. No nos preocupamos, pues pensamos que eran rancheros que tomaban rumbo a Oaxaca. Escuchamos pasos, muchos pasos de gentes que bajaban de los coches. Después oímos voces, voces como aguadas, como de borracho. Luego, se comenzaron a escuchar balazos, muchos, muchísimos. Los hombres estos disparaban a las casas, a los techos, a las ventanas. Se escuchaba que se reían, que se carcajeaban como locos. Balacearon todo el pueblo, profesora. Yo y mi abuela estábamos bajo la mesa, abrazadas, temblando de miedo. Yo lloré. Mire que a mí no me hacía mucha ilusión mi embarazo, pero ayer me asusté mucho. Pensé en mi hijo, me abracé la panza y recé. Recé mucho, hasta que se hizo de día.

Dios mío, pensó Estela, *Dios mío. Hay que avisarle a Eliseo.*

Fue entonces cuando una camioneta todo terreno, que Estela conocía muy bien, entró a la calle principal de Ixcuintla. La profesora ya sabía que traía a Jacinto Alvarado, con su camisa blanca e inmaculada, sus zapatos lustrados a detalle, su hipocresía pulida con esmero.

—Estimadísimo consejo de Ixcuintla —dijo el acicalado, intentando declamar, una vez que subió al quiosco. Quiso dar la mano a los ancianos, pero ellos lo rechazaron—. Me he enterado del artero ataque que ha sufrido su población. He venido a refrendarles mi apoyo. Sé de buena fuente que fueron algunos ejidatarios de San Mateo Teotongo quienes, tomados y colériccs, vinieron a acribillar sus viviendas.

—Pues deténgalos, denúncielos, métalos a la cárcel, Alvarado —le gritó Fermín, aferrado del barandal. Estela temió que el anciano lo arrancara del quiosco.

—No puedo. No sé a ciencia cierta quiénes fueron. Además, yo no soy autoridad.

—¿A qué vino usted, entonces? —preguntó uno de los viejos.

—He venido a refrendarles mi apoyo, y a pedirles que detengan esta espiral de violencia. Yo estoy haciendo lo que está a mi alcance, pero el problema se me va de las manos cada vez más. Por favor, se los ruego. Firmen los papeles de la cesión de derechos. Esto no se detendrá hasta que la justicia sea aplicada y las gentes de San Mateo puedan hacer uso de lo que por derecho les corresponde.

Fermín le susurró algo a un chiquillo, y éste corrió hasta la oficina ejidal. Después llevó a Fermín un fajo de papeles doblados. El anciano los recibió, los desdobló y se los enseñó a la multitud.

—¿Éstos son los papeles que dice, Jacinto Alvarado? —dijo al pueblo. El acicalado sonrió complacido.

—Precisamente.

Entonces Fermín los rompió ante Jacinto Alvarado, quien lo observaba incrédulo. El viejo le arrojó los papeles al rostro.

—Sépase, limpiecito hijo de la chingada, que no aceptamos amenazas ni órdenes de asesinos como usted. ¡Lárguese de aquí o no respondo por su vida!

La gente congregada rugió, furiosa. Comenzó a vapular a Jacinto. Éste, asombrado, bajó del quiosco y fue escudado por dos de sus hombres. La gente le comenzó a arrojar rocas, olotes, palos, lo que encontraba. Un jitomate podrido, arrojado por una niña, fue a dar en el pecho del acicalado. El rostro de Alvarado se desencajó cuando vio la mancha en su camisa.

—¡Muy bien, ixcuintleños! —gritó al punto de soltar espuma por la boca—. Yo he querido protegerlos. He querido ser su amigo. Quedan a su suerte.

Con trabajos, Alvarado y sus hombres lograron alcanzar su vehículo. Escaparon apenas entre pedradas y una selva de manos furiosas que intentaba detenerlos.

—Ahora sí, que vengan los tecuanes —susurró la China a Estela.

XVIII

CUANDO ESTELA LLEGÓ AL MONTE, sólo encontró chozas vacías y soldados.

A pesar de los ruegos de Gertrudis, quien le había pedido que no fuera hasta el otro día, la profesora tomó camino a la sierra. Lo primero que notó fueron muchas fumarolas que tachaban el cielo. Además, se percató de que olían distinto de las de siempre. En el trayecto, cuando llegó a la ribera del Arroyo Viejo, encontró en la tierra huellas de cascos de caballo y vehículos de motor. Corrió. Las casas de la gente serrana estaban incendiadas, vacías, saqueadas. A lo lejos, algunos serranos eran conducidos a punta de pistola por soldados. Los metían a rastras, sin importar si fueran mujeres o niños, a los camiones militares preparados para su traslado. Cuando casi llegaba a la clínica, un cabo del ejército le cerró el paso con brusquedad.

—¡No puede pasar! Operativo militar.

—¿Qué pasa aquí?

—¡Para atrás! —el militar amartilló su arma y apuntó a la profesora. Ésta permaneció impávida—. ¿Quién es usted? ¿Qué hace aquí?

—Conozco al capitán Salvador Benítez.

La sola mención del superior hizo que el rostro del militar se dulcificara.

—¿Conoce al capitán?

—Así es. Ahora, dígame, ¿qué pasa aquí?

—Estamos en un operativo antiguerrilla, señora —el soldado recargó su arma en el costado—. Se nos notificó que grupos subversivos estaban asentados en los alrededores, dirigidos por un tal Eliseo Yóllotl.

—¿Y dónde está Salvador Benítez?

—El capitán está en el cuartel de zona de San Mateo Teotongo.

Estela miró al soldado de tal manera que éste no pudo reprimir un escalofrío.

—Lléveme allá —ordenó la mujer.

Cuando llegó al cuartel, Estela bajó del jeep sin despedirse del soldado.

Sin importarle las órdenes de los militares con que se cruzaba, caminó a la oficina del capitán Benítez. Lo encontró reclinado sobre su escritorio, leyendo un reporte del ejército. A la profesora le pareció viejo, como si los años que no aparentaba lo hubieran alcanzado la noche anterior.

—Estela —saludó el militar, sin ver a la mujer—. Siéntate, por favor.

—¿Qué pasa en el cerro de la Pelona, Salvador? —la mujer permaneció de pie, tensa, a punto de arrojarse sobre el capitán—. ¿Qué estúpido les metió la idea de que la gente serrana es de la guerrilla?

—Así decía el informe que me enviaron, Estelita —Salvador encaró a la profesora, quien se sorprendió de las ojeras del hombre, tan profundas, que parecían salir del otro lado del cráneo.

—Allá no hay guerrilla, Salvador. Es gente pacífica.

—No, y lo sabes bien. Fabrican armas.

Estela reprimió un insulto en la boca.

—¿Armas? ¡Son artesanía! Cuchillos y machetes ornamentales. ¿Crees que con ellos un grupo puede hacer la guerra? ¡Estás idiota, o qué!

—Ése fue el parte que me dieron, Estela. Sólo cumplo órdenes. Órdenes directas del gobernador.

—¡Por favor! ¿Cómo puede saber él, desde su sillota en el palacio de gobierno, lo que ocurre aquí en la sierra? Habla con Eliseo Yóllotl. Él puede explicarte las supuestas armas.

Salvador tomó un oficio y se lo dio a Estela. Era una orden de aprensión.

—Nos reportaron que Eliseo Yóllotl era el jefe de los subversivos, que estaba organizando a la gente de la sierra para atacar San Mateo Teotongo. El gobernador de Oaxaca le pidió personalmente al secretario de Defensa desmantelar los asentamientos y capturar al cabecilla. Sólo sigo órdenes, Estela.

De repente, un miedo profundo se anidó en el pecho de Estela.

—¿Dónde tienes al doctor Yóllotl? —preguntó. El militar fingió reír.

—Bueno, Estela. Si tanto te preocupas por él, te tendré que decir que escapó durante el operativo, junto con algunos serranos. En este momento lo andamos rastreando en la sierra. Yo lo quiero vivo, pero si se resiste, mis hombres tienen instrucciones de disparar a matar.

—¿Qué te pasa, Salvador? —Estela trató de suavizar su voz—. Eres un buen hombre. Sabes que todo esto son patrañas. Sabes que estás dejando sin amparo a la gente de Ixcuintla. ¿Por qué ejecutas una orden así?

El militar dudó un momento para contestar. Se frotó los ojos, casi con rabia, y resopló.

—Sé lo que implica esto. No tengo opción. ¡No tengo opción!

—Sí la tienes. Dejar libres a los serranos. Proteger a los ixcuintleños.

—¡No puedo! —Benítez se incorporó de su asiento. Observó la ventana, siguió el marco hasta un clavo que sobresalía—. Son las reglas de aquí, Estela. Estos cabrones son poderosos, mucho. Y muy crueles también. Tengo mujer e hijos —Estela se sorprendió de que la revelación no la lastimara—, y no puedo arriesgar su vida. Si no obedezco, me matan, a mí y a mi familia.

Estela bajó la vista, sabiéndose vencida, sintiendo que una imagen querida, dentro de ella, se había resquebrajado.

—Te creía muy distinto, Salvador Benítez.

La profesora dio la vuelta, caminando con dignidad, *con el maldito orgullo del condenado a la horca*, pensó. Escuchó la voz dolorosa del capitán a sus espaldas.

—Por favor, Estela. No regreses a Ixcuintla.

No se volvió para contestarle.

—Ixcuintla es mi hogar.

XIX

LO QUE SE CUENTA DE AQUELLA NOCHE es confuso.

Algunos dicen que llovía, pues la mañana siguiente, cuando levantaron los cuerpos, la tierra estaba mojada. Otros, en cambio, dicen que hacía un calor tan intenso que fue capaz de tumbar los mosquitos que infestaban la población, pues millares aparecieron muertos en los charcos de sangre. Todavía otros dicen que hacia las cinco de la madrugada, una vez que terminó todo, el valle se cubrió de una niebla falsa, que en realidad eran hilachas del manto de la Muerte, quien esa noche sentó sus reales en Ixcuintla de Galeana.

En lo que todos coinciden es que era sábado, pues la mayoría de los hombres de Ixcuintla estaban fuera, diluyendo su temor en las cantinas de la cabecera municipal de San Isidro. A las once de la noche de aquel día un olor de hierba carbonizada se olió en el pueblo. Era un aroma dulzón, tenue. La mayoría de los ixcuintleños que estaban en el pueblo no podían dormir desde hacía días, presos de un temor de esos largos, que no terminan de golpe con un alarido, sino que se le van metiendo a una persona poco a poco y que, a la larga, terminan siendo parte de ella.

Estela Reyes, desde su regreso del cuartel, se quedaba en casa de Gertrudis y la China. Las tres estaban en su respectiva hamaca, balanceándose de vez en cuando, en el momento en que escucharon el grito de uno de los campesinos.

—¡Se queman los sembrados! ¡Se queman los sembrados!

Pronto todos los habitantes del pueblo, como si fueran un solo ser, estaban en las calles. Don Fermín fue con las mujeres para tratar de consolarlas. Al horizonte, en los alrededores del cerro de la Pelona, la profesora pudo ver algunas fumarolas espesas, como parvadas de cuervos diminutos que cruzaban el cielo.

—¡Se quema la siembra, don Fermín! —gimió uno de los campesinos al tiempo que tomaba del brazo al anciano—. ¡Tenemos que ir a apagarlos, a ver si podemos quitárselos a la lumbre!

—¡No se muevan de aquí! —ordenó el anciano, observando la duda en el rostro de los campesinos—. Los necesitamos a todos en el pueblo. Estamos bajo amenaza.

—¡Tenemos que ir! —dijeron al unísono varios de los agricultores. Algunos, ya con los huaraches puestos, tomaban rumbo al cerro de la Pelona.

—¡No sean tarugos! ¡No se dan cuenta de que van a dejar a sus hijos, a sus mujeres solas!

La mayor parte de los hombres miraron al anciano, pensando en sus palabras. Algunos otros no habían escuchado y ya desaparecían en la floresta. Uno de ellos, el que había visto el humo, contestó.

—Tenemos que ir, don Fermín —dijo con una voz medrosa, agachando la cabeza, apretando las alas de su sombrero—. Sin Eliseo Yóllotl que nos defienda, tenemos que responderles a los Amezcua. Tenemos que...

Antes de terminar la frase, el campesino salió corriendo hacia los sembradíos. Lo siguieron los demás hombres. Don Fermín vio a la gente que se había quedado en el pueblo. Casi todas las mujeres, todos los niños y los ancianos, un par de adolescentes temblorosos. El anciano, resignado, los llamó.

—Ustedes, vengan para acá. Traigan la leña que puedan y gasolina. Vamos a hacer fogatas en derredor del pueblo. Si tienen algún machete o cuchillo, vayan por él —el comisario interino se dirigió a la profesora Estela y a Gertrudis—. Lleven a las mujeres y a los niños a la parroquia, pidan refugio y cierren la puerta.

Así obedecieron las mujeres. Se llevaron a la gente hasta la puerta de madera del santuario. Estela tomó una roca grande y comenzó a tocar.

—¡Padre Trinidad, abra por favor!¡Abra, por favor! ¡Necesitamos refugio! —no obtuvo respuesta. Después de algunos minutos, Estela se cansó, tomó más piedras y comenzó a romper los vitrales.

—¡Abra, Padre! —dijo arrojando un proyectil. Algunas mujeres siguieron su ejemplo. De atrás de la puerta, se escuchó una voz colérica.

—¿Quién profana la casa de Dios?

—Padre Trinidad. Ábranos, denos refugio.

—No puedo. Ésta es la casa de Dios. Busquen en otro lado.

—¡Abra, maldita sea! ¡Abra!

—¡No se atreva a maldecir en mi presencia! —gritó el sacerdote. En la puerta, una ventanilla enrejada se abrió. En ella aparecieron los ojos encendidos del prelado—. ¡Lo que suceda es voluntad del altísimo! ¡Es culpa suya por su necedad! La Iglesia no se mete en asuntos de política.

—¿Política, pinche padrecito? —la profesora golpeó la puerta con ambas manos, haciéndola retumbar. El sacerdote, asustado por la fuerza de la mujer, dio un salto hacia atrás—. ¡Nos van a matar! ¡Ábranos! —la ventanilla se cerró con brusquedad. El sonido que hizo le pareció a Estela el amartillado de una pistola apuntando a su nuca.

—Hágase la voluntad de nuestro Señor —concluyó el sacerdote, mientras se alejaba.

Las mujeres quedaron fuera de la parroquia, como huecas, sin ganas siquiera de llorar. Los niños más pequeños, veían hacia todos lados, inquietos, gimiendo. En la lejanía, algunos perros comenzaron a sollozar. Los aullidos se le metieron en el espinazo a la profesora.

—¡La escuela! —gritó—. ¡Vámonos a la escuela!

La gente corrió como si sus pies se hubieran vuelto de aire. En cuanto todas estuvieron dentro del pequeño edificio, Estela les ordenó apilar las bancas en la puerta y en la ventana. Las mujeres obedecieron, levantando los muebles con la fuerza que regala el horror. La profesora fue por martillo y clavos, y afianzaron las improvisadas barricadas.

Afuera se escuchaban rumores, pasos, alguna risa contagiada de locura. Estela dejó una pequeña hendidura en la ventana para poder observar el pueblo. Se veía la plaza principal, la iglesia, y a Fermín y los dos muchachitos montando guardia en medio de sendos fuegos. Las figuras fueron apareciendo como si se desprendieran de la selva. Iban de negro, encapuchadas, y atacaron a Fermín y a los chicos con machetes. La profesora estaba demasiado horrorizada para poder moverse, para siquiera taparse los ojos. Fermín y sus hombres se defendieron con furia, con desesperación, hasta que cayeron bajo los machetazos de los atacantes. *Dios mío, Dios mío, deben ser como treinta,* gritó entre dientes la profesora. Alcanzó a ver, antes que la doblara el espanto, a Fermín colgado de la canasta de basketball, envuelto en llamas, pataleando todavía.

Pronto comenzaron a escucharse voces alrededor de la escuela, golpes, esas carcajadas que se habían escuchado, tan salidas del infierno. Se estrellaron rocas contra la fachada de la escuela, puños y manos tratando de quebrar las barricadas, tratando de romper la puerta. Entre las fisuras de la puerta, de la ventana, se veían antorchas, sombras encapuchadas, algún fulgor de cuchillo desenvainado. Se escuchó un disparo que atravesó la pared y se fue a incrustar en el pizarrón.

—¡Dije que guardaran las pistolas! —ordenó una voz tan acicalada como su dueño—. Busquen algo para echar abajo esta puerta.

Los refugiados estaban en el fondo del salón, todos cubriéndose, temblando al mismo tiempo. Algunas mujeres rezaban junto con la anciana del rosario, otras abrazaban a sus hijos con fuerza, como si hubieran querido meterlos dentro de ellas. La China lloraba, envuelta en los brazos de Gertrudis, cubierta por el cuerpo de Estela. La profesora escuchó horrorizada los hachazos que los atacantes daban a un árbol cercano, que después llevaron a la puerta y utilizaron de ariete. En unos minutos, la puerta con sus barricadas reventó en astillas, y las figuras negras entraron. Comenzaron a golpear a mano limpia a las mujeres, a los niños, hasta que los apiñaron en el rincón de la escuela. Una figura vestida de negro, con ropas limpias y bien planchadas se quitó el pasamontañas y se sentó en la silla de la profesora.

—Ixcuintleños, ixcuintleños —susurró casi con pesar Jacinto Alvarado—. Ojalá que hubieran hecho caso antes. Ahora no me dejan otra opción. Les puedo asegurar que me duele muchísimo lo que va a pasar —el acicalado observó el temor de la gente y reconoció a alguien. Ordenó a uno de los hombres que la trajera. Pronto, frente a él, se encontraban Vicenta y su hijo.

—Toma a tu hijo y vete, Vicenta —le dijo Alvarado, casi con ternura—. Nunca regreses por aquí —como respuesta, el acicalado recibió un escupitajo en el rostro.

—¡Asesino! —le gritó Vicenta. Jacinto, furioso, se levantó de su asiento y golpeó a la artesana. Ella cayó a sus pies y el hombre comenzó a patearla. El niño quiso defenderla, pero uno de los hombres de Alvarado tomó a Pablito de los cabellos y lo arrojó con la gente. Estela sintió que la ira le estalló por dentro. Sin pensarlo, antes que alguien reaccionara, saltó sobre el agresor de Pablo y alcanzó su cuello con los dientes. Cuando lograron separarla, a punta de golpes, el hombre estaba muerto, con la yugular desgarrada.

—¡Vaya, qué sorpresa! ¡La profesora es toda una fiera salvaje! —se rio Jacinto Alvarado. Tomó su pañuelo, se acercó a Estela y le limpió el rostro cubierto de sangre. La maestra intentó morderlo, pero él, al amparo de los hombres que detenían a la profesora, le abrió la blusa, descubriéndole los senos. Se dirigió a los atacantes—. Déjenla al final, que pueda ver todo. Cuando terminen, hagan lo que quieran con ella —el acicalado observó a la gente aterrorizada y sonrió—. Usen los machetes.

Los encapuchados sacaron las armas, las hojas labradas con maestría que fabricó la gente serrana, ahora afiladas. Pero comenzaron a escuchar ruidos en el techo. Crujieron los maderos que lo formaban. Los hombres, a punto de saltar sobre los ixcuintleños, se detuvieron, dudosos.

—Continúen. Debe ser algún animal curioso —ordenó Alvarado.

No terminaba de decirlo cuando la techumbre se rompió a consecuencia de un zarpazo. En el agujero, se vieron unos ojos amarillos y salvajes. Se escuchó un rugido y luego más zarpazos. Pronto algunas formas oscuras, estilizadas, felinas, entraron en la escuela y comenzaron a saltar sobre los atacantes. Eran como ocelotes, jaguares, pero mucho más grandes, tan altos como un ser humano. Las fieras se movían con rapidez, saltando de las paredes a los cuellos de los encapuchados. Estela, semiinconsciente por la golpiza, pudo contar cinco. Los atacantes gritaban, horrorizados, despedazados por las garras y los colmillos. Intentaban defenderse con los machetes, pero antes que lograran alzarlos, su mano saltaba al piso, cercenada por las uñas o los hocicos de las bestias.

—¡Las pistolas! —gritó Alvarado—. ¡Son pocos! ¡Dispárenles!

Los hombres que se sostenían en pie sacaron las armas. Abrieron fuego. Se escucharon alaridos, balas incrustándose en el adobe, gruñidos de dolor. Algunos tiros hicieron blanco en los atacantes mismos. Una mujer, al lado de la China, recibió uno en la frente y cayó sobre la muchacha. A la anciana del rosario dos disparos le abrieron el pecho, como una granada madura. Doña Gertrudis fue herida en el muslo. Callada, se apretó la hemorragia con la mano. Jacinto sacó su revolver y apuntó contra Estela. Una de las fieras, negra de manchas aun más negras, se puso frente a él y se irguió en dos patas. Alvarado tembló de miedo, jaló el gatillo. La fiera recibió los cinco impactos y luego se le fue encima para abrirle el estómago a zarpazos. Después de tres golpes, las vísceras del acicalado salieron de su vientre, y el hombre se vino abajo. En el piso, trató de sostenerlas, de introducirlas de nuevo en su cavidad intestinal. Murió observándolas, como si lamentara que su ropa se hubiese manchado.

Los hombres de Jacinto que seguían vivos, al ver a su jefe caído, huyeron hacia la selva. Dos fieras habían quedado en el piso, muertas. Las otras tres salieron por la puerta y corrieron. Cojeaban, gruñían como si se quejaran. El jaguar negro, de lunar blanco en la frente, iba a paso más lento, encorvándose.

Estela, con trabajos, se irguió. Trató de abrir los ojos, cerrados por los golpes, y también tomó rumbo a la floresta. Olisqueaba, rastreaba el olor de la sangre, el olor de la piel que le era cercana, conocida. Los siguió hasta llegar a la formación rocosa donde el Arroyo Viejo terminaba. Ahí, acostado, se encontraba Eliseo Yóllotl, acompañado de dos serranos. La profesora se le acercó, lo olfateó, vio las heridas de bala. Las lamió.

—Te vas a mejorar, Eliseo —decía Estela, sin querer sollozar—. Te vas a poner sano, te vas a poner bien. Ponte bien, por favor.

—Ya estoy bien —sonrió Yóllotl—. Estás aquí.

Estela se colocó de hinojos junto a él. Recostó la cabeza del doctor en sus piernas y se inclinó. El cabello de la profesora cubrió el rostro de Eliseo.

—Bien decía Nabor... —masculló el doctor—. Hueles a... flores de monte.

XX

ESTELA CAMINABA JUNTO A LA CHINA en el pueblo de San Mateo Teotongo.

El poblado había cambiado en los últimos meses. Ahora estaba más limpio y había un aire menos enrarecido. A la profesora el peso del vientre le dificultaba el paso. La China, cuando veía que Estela trastabillaba, la tomaba del brazo.

—Mire, maestra —le decía la chica, mientras arrullaba a su hijo en los brazos—. Tiene que caminar como pato, para que la panza no la enchueque.

Estela sonrió, pensando en lo buena maestra que su alumna había resultado para los asuntos de la maternidad. Llegaron al quiosco del pueblo y se sentaron en una de las bancas de acero. El día era claro pero había una promesa de lluvia en el cielo, y tomaba la forma de una nube rojiza.

—A ver a qué hora sale la Vicenta de la cámara de comercio, caray —pensó en voz alta la China—. Si ya le habían dado el sí. Nada más le hacía falta la firmita. ¿Por qué se tardará tanto?

—Tiene que decirles que no sólo es ella, Chinita —le contestó Estela, sosteniéndose el vientre con las manos, resoplando—. Que son una asociación de tejedoras, y los de la cámara tienen que cotejar las firmas o las huellas digitales de todas.

—Pues sí, pero —la China sintió a su bebé dormido. Lo cubrió con el rebozo que llevaba en la espalda—. No podemos llegar tan tarde. Con usted esperando y mi niño así, si nos alcanza la lluvia, se nos pueden enfermar los dos.

—Esperemos que no tarde, entonces.

Estela echó la cabeza para atrás, entrecerrando los ojos, viendo a las personas que caminaban frente a ellas. Los habitantes de San Mateo que la reconocían, ahora bajaban la vista, temerosos, cuando la veían. Apenas alguno se atrevía a quitarse el sombrero y saludarla con una tímida inclinación de cabeza. Sintió movimiento en su matriz. *Este canijo está inquieto*, pensó. El niño en su vientre se movió, como si riera. De vez en cuando le daba una patadita, y ciertas ocasiones a Estela le parecía sentir dentro de ella un rasguño, como un pequeño zarpazo. *Ya casi te toca nacer. No te desesperes*, le susurró.

—¿Maestra Estela? —la llamó una voz conocida.

—Profesor Osiel, ¿cómo está? —la maestra saludó al hombre. Sintió su mano sudorosa—. ¿Qué anda haciendo tan lejos de San Isidro?

—Pues por aquí, profesora, arreglando algunas cosas. Me nombraron nuevo representante regional del partido y estoy en eso. Veo que usted también está bien, y que ya va a tener un hijo. ¿Ya es casada, entonces?

—No —la mirada de Estela se ensombreció—. Soy viuda.

—No sabe cuánto lo siento, de veras —el hombre se sentó al lado de la profesora. Ella aspiró su aroma: sudor con un perfume de frutas, picante, que la hizo fruncir la nariz—. Hablando de algo más, profesora, quiero consultarle algo. Fíjese que estamos organizando los comités municipales de la región para tener más bases para el partido. Ya tenemos un buen apoyo en San Isidro, pero nos falta Ixcuintla. Ningún funcionario ha querido ir ahí desde lo de Jacinto Alvarado —el hombre se limpió el sudor—. ¡Qué horrible! Pero en fin, quién le mandaba andar en tratos con narcos. En fin, profesora, lo que le quiero proponer es que sea la coordinadora en el pueblo de Ixcuintla de Galeana.

Estela sonrió al escuchar la mención de *narcos*, pero Osiel no detectó la ironía que había en el gesto.

—No puedo, profesor. Tengo muchas actividades.

—En fin —Osiel tomó de la mano a la profesora. Ella, discretamente, se la retiró—. De todos modos, quisiera hacer una visita al poblado para ver posibles candidatos y estrategias de organización. Su unión de tejedoras puede tener grandes beneficios si se incorporan al partido...

—No creo que les interese, Osiel —la voz de la maestra se hizo más grave—. Y le aconsejo que no vaya a Ixcuintla.

—¿Y por qué, maestra? —preguntó el funcionario. Estela le sostuvo la mirada. Osiel se estremeció. Casi se cae de la banca cuando vio las pupilas de la profesora. Le parecieron alargadas, como las de un felino.

—Porque en Ixcuintla hay tecuanes.